John Carter -
Die Hölle von Barsoom

Der Autor:

EDGAR RICE BURROUGHS war ein amerikanischer Schriftsteller der spekulativen Fiktion, der vor allem für sein umfangreiches Werk in den Genres Abenteuer, Science Fiction und Fantasy bekannt ist. Zu seinen bekanntesten Werken gehört Tarzan der Affen.

Der Herausgeber DIPL.-MATH. KLAUS-DIETER SEDLACEK, Jahrgang 1948, studierte in Stuttgart neben Mathematik und Informatik auch Physik. Nach fünfundzwanzig Jahren Berufspraxis in der eigenen Firma widmet er sich nun seinen privaten Forschungsvorhaben. Darüber hinaus ist er der Herausgeber mehrerer Buchreihen.

Über das Buch:

Die Saga um John Carter vom Mars bzw. der Barsoom- oder Mars-Zyklus ist eine der bekanntesten und auch beliebtesten Science-Fiction-Buchreihen des Tarzan-Autors Edgar Rice Burroughs.

In der Titelgeschichte "Die Hölle von Barsoom" geht es um Menschen, die seit einer Million Jahre auf dem exotischen Planeten Barsoom (unserem Mars) tot und mumifiziert sind – aber deren Fleisch sich dennoch weich und warm anfühlte! Was war das für ein seltsames Abenteuer, das John Carter in den Kerkern von Horz erwartete?

In der zweiten Geschichte "Die schwarzen Piraten" bejubelten diese die Fähigkeiten ihres Sklaven-Schwertkämpfers, aber wenn sie gewusst hätten, dass es sich um den berühmten John Carter handelte, hätten sie ihn auf der Stelle getötet! Und dann stand seine Identität kurz vor der Entdeckung.

Edgar Rice Burroughs

John Carter

Die Hölle von Baarsoom
vom Autor der
Tarzan Geschichten

Herausgegeben von
Klaus-Dieter Sedlacek

ToppBook Fantastische Welt Bd. 15

Bibliografische Information der Deutschen Nationalbibliothek:
Die Deutsche Nationalbibliothek verzeichnet diese Publikation in der
Deutschen Nationalbibliografie; detaillierte bibliografische Daten
sind im Internet über dnb.dnb.de abrufbar

Front cover painting by J. Allen St. John

Übersetzung, Coverdesign, Satz in moderner Antiqua-Schrift:
Klaus-Dieter Sedlacek
https://toppbook.de

© 2021 Klaus-Dieter Sedlacek
Herstellung und Verlag: BoD – Books on Demand, Norderstedt

ISBN: 978-3-7526-7192-6

Inhaltsverzeichnis

A. Wer ist John Carter?

Die Saga um John Carter vom Mars bzw. der Barsoom- oder Mars-Zyklus ist eine der bekanntesten und auch beliebtesten Science-Fiction-Buchreihen des Tarzan-Autors Edgar Rice Burroughs. Nach dem Amerikanischen Bürgerkrieg begibt sich Hauptmann John Carter mit einem Freund auf Goldsuche. Gegen 1866 führt sie ihr Weg nach Arizona, wo sie in einen Hinterhalt der Apachen geraten. Während sein Freund getötet wird, kann sich John Carter in einer geheimnisvollen Höhle verstecken, wo er in eine Art Starrkrampf verfällt. Als er wieder zu sich kommt, befindet er sich in einer fremdartigen, bizarren Landschaft. Schnell wird ihm klar, dass er nicht mehr auf der Erde sein kann. Eine mystische Kraft hat ihn auf den Mars, den seine Bewohner Barsoom nennen, transportiert. Schon bald trifft er auf grüne Marsianer, riesige vierarmige Monster, denen er sich aber, dank der geringeren Schwerkraft des Planeten, überlegen zeigt. John Carter erkennt, dass der Planet ein sterbender ist. Überall findet er Reste alter Hochkulturen, die nicht von den jetzigen Bewohnern geschaffen wurden. Die Meere sind teilweise ausgetrocknet und der Sauerstoff muss künstlich erzeugt werden. Trotzdem gibt es ein mannigfaltiges Leben. Neben den grünen gibt es auch noch rote, weiße, schwarze und gelbe Marsianer, die in ständiger Feindschaft miteinander leben und sich gegenseitig bekriegen. Bald darauf begegnet John Carter der Prinzessin Dejah Thoris, einer Vertreterin des roten Volkes, welches den Menschen am ähnlichsten ist. Gemeinsam mit ihr und anderen neuen Freunden erkundet er den Mars, wobei er allerlei fantastische und aufregende Abenteuer erlebt. [1] - (Hrsg.)

---

1   Seite „John Carter vom Mars". In: Wikipedia, Die freie Enzyklopädie. Bearbeitungsstand: 17. Oktober 2020, 17:06 UTC. URL: https://de.wikipedia.org/w/index.php?title=John_Carter_vom_Mars&oldid=204637330 (Abgerufen: 10. Januar 2021, 12:04 UTC)

B. Die Hölle von Barsoom

Dies war kein Schwertkämpfer, dem ich gegenüberstand, sondern eine Monstrosität aus der Hölle von Barsoom!

[2]Eine Million Jahre tot - und doch war ihr Fleisch weich und warm! Was war das für ein seltsames Abenteuer, das John Carter in den Kerkern von Horz erwartete?

KAPITEL I

Egal wie instinktiv gesellig man sein mag, es gibt Zeiten, in denen man sich nach Einsamkeit sehnt. Ich mag Menschen. Ich bin gerne mit meiner Familie, meinen Freunden, meinen Kämpfern zusammen; und wahrscheinlich, gerade weil ich mich so sehr nach Gesellschaft sehne, sehne ich mich manchmal ebenso sehr danach, allein zu sein. In solchen Zeiten kann ich am besten die kniffligen Probleme des Regierens in Kriegs- oder Friedenszeiten lösen. Dann kann ich über all die verschiedenen Aspekte eines erfüllten Lebens, wie ich es führe, meditieren; und da ich ein Mensch bin, habe ich viele Fehler, über die ich meditieren kann, um mich gegen ihre Wiederholung zu wappnen.

Wenn ich diesen seltsamen Drang nach Einsamkeit verspüre, ist es meine übliche Gewohnheit, einen Ein-Mann-Flieger zu nehmen und über den Boden des Toten Meeres und die anderen unbewohnten Wildnisse dieses sterbenden Planeten zu fliegen; denn dort gibt es tatsächlich Einsamkeit. Es gibt riesige Gebiete auf dem Mars, die noch nie ein menschlicher Fuß betreten hat, und andere riesige Gebiete, die seit Tausenden von Jahren nur die riesigen grünen Menschen gekannt haben, die wandernden Nomaden der Ockerwüsten.

Manchmal bin ich wochenlang unterwegs auf diesen glorreichen Abenteuern in der Einsamkeit. Wegen ihnen weiß ich wahrscheinlich mehr über die Geografie und Topografie des Mars als jeder andere lebende Mensch; denn sie und meine anderen abenteuerlichen Exkursionen auf dem Planeten haben mich vom Verlorenen Meer von Korus im Tal Dor im gefrorenen Süden bis nach Okar, dem Land der schwarzbärtigen Gelben Menschen im gefrorenen Norden und von Kaol nach Bantoom geführt; und doch gibt es viele Teile Barsooms, die ich nicht besucht habe, was nicht so seltsam erscheinen wird, wenn man die Tatsache in Betracht zieht, dass, obwohl die Fläche des Mars nur etwa ein Viertel derjenigen der Erde beträgt, seine Landfläche fast acht Millionen Quadratmeilen größer ist. Das liegt daran, dass Barsoom keine großen Oberflächengewässer hat, da der

---

2   Titel der amerikanischen Ausgabe "The City of Mummies" (*Amazing Stories* magazine, March 1941)

größte bekannte Ozean vollständig unterirdisch liegt. Außerdem werden Sie zugeben, dass sechsundfünfzig Millionen Quadratkilometer ein großes Gebiet sind, das man umfassend kennen muss.

Bei der Gelegenheit, von der ich Ihnen nun berichten werde, flog ich von Helium aus nordwestlich, 30 Grad südlich des Äquators, den ich etwa sechzehnhundert Meilen östlich von Exum, dem barsoomischen Greenwich, überquerte. Nördlich und westlich von mir lag eine weite, fast unerforschte Region; und dort glaubte ich die absolute Einsamkeit zu finden, nach der ich mich sehnte.

Ich hatte meinen Richtungskompass auf Horz gesetzt, die lange verlassene Stadt der alten barbarischen Kultur, und schwebte mit fünfundsiebzig Meilen pro Stunde in einer Höhe von fünfhundert bis eintausend Fuß dahin. Ich hatte einige grüne Leute nordöstlich von Torquas gesehen und war hinaufgezwungen worden, um ihrem Feuer zu entgehen, was ich aber nicht erwiderte, da ich kein Abenteuer suchte; und ich hatte zwei dünne Streifen roten marsianischen Farmlandes überquert, die an Kanäle grenzen, die das kostbare Wasser von den jährlich schmelzenden Eiskappen an den Polen bringen. Darüber hinaus sah ich auf den ganzen fünftausend Meilen, die zwischen Lesser Helium und Horz liegen, keine Anzeichen menschlichen Lebens.

Es ist immer ein wenig traurig für mich, so auf eine sterbende Welt hinabzublicken, die endlosen Meilen ockerfarbener, moosartiger Vegetation zu betrachten, die die weiten Flächen bedeckt, auf denen einst die mächtigen Ozeane eines jungen und virilen Mars wogten, und darüber nachzudenken, dass direkt unter mir einst die stolzen Luftflotten und die Handelsschiffe von einem Dutzend reicher und mächtiger Nationen lagen, wo heute der wilde Banth in der Einsamkeit umherstreift, deren Stille bis auf das Brüllen der Mörder und die Schreie der Sterbenden nicht unterbrochen wird.

Nachts schlief ich in der Gewissheit, dass mein Richtungskompass den richtigen Kurs für Horz halten würde, und zwar immer in der Höhe, auf die ich ihn eingestellt hatte - tausend Fuß, nicht über dem Meeresspiegel, sondern über dem Gelände, über das das Flugschiff glitt. Diese erstaunlichen kleinen Instrumente können auf jeden Punkt von Barsoom und auf jede Höhe eingestellt werden. Wenn es auf tausend Fuß eingestellt ist, wie meines bei dieser Gelegenheit, erlaubt es dem Schiff nicht, sich einem Objekt näher als tausend Fuß zu nähern, wodurch sogar die Gefahr einer Kollision ausgeschlossen wird; und wenn das Flugschiff sein Ziel erreicht, wird der Kompass es tausend Fuß darüber anhalten. Der Lotse, dessen Flugschiff mit einem dieser Richtungskompasse ausgerüstet ist, braucht nicht einmal wach zu bleiben; so konnte ich Tag und Nacht ohne Gefahr reisen.

Es war gegen Mittag des dritten Tages, als ich die Türme des alten Horz erblickte. Der älteste Teil der Stadt liegt am Rande eines weiten Plateaus; die neueren Teile, welche unzählige Jahrtausende alt sind, fallen terrassenförmig in eine große Kluft hinab und markieren die hoffnungslose Wanderung des zurückweichenden Meeres, an dessen Ufern diese reiche und mächtige Stadt einst stand. Die letzten armen, kümmerlichen Bauten einer aussterbenden Spezies sind entweder verschwunden oder nur noch morsche Ruinen; aber die prächtigen Bauten ihrer Blütezeit stehen immer noch am Rande des Plateaus, stumme, aber beredte Erinnerungen an ihre verschwundene Größe - bleibende Denkmäler für die weißhäutige, blonde Spezies, die für immer verschwunden ist.

Ich bin immer an diesen verlassenen Städten des alten Mars interessiert. Über ihre Bewohner ist nur wenig bekannt, außer dem, was man aus den Geschichten erfahren kann, die von den Gravuren erzählt werden, die das Äußere vieler ihrer öffentlichen Gebäude schmücken, und von den wenigen verbliebenen Wandmalereien, die dem Zahn der Zeit und dem Vandalismus jener grünen Horden widerstanden, die viele gleichartige Städte überrannt hatten. Die extrem niedrige Luftfeuchtigkeit hat dazu beigetragen, sie zu erhalten, aber mehr als alles andere war es die Beständigkeit ihrer Konstruktion. Diese großartigen Bauwerke wurden nicht für Jahre, sondern für Ewigkeiten gebaut. Die Geheimnisse ihrer Mörtel, ihrer Zemente und ihrer Pigmente sind seit Ewigkeiten nicht mehr bekannt; und für zahllose weitere Ewigkeiten, lange, nachdem das letzte Leben vom Antlitz Barsooms verschwunden sein wird, werden ihre Werke bestehen bleiben und für immer auf einem toten, kalten Planeten durch das Weltall rasen, ohne dass ein Auge sie sehen oder ein Geist sie würdigen könnte. Es ist ein trauriger Gedanke.

Endlich war ich über Horz hinweg. Ich hatte mir schon lange versprochen, eines Tages hierher zu kommen, denn Horz ist vielleicht die älteste und größte der toten Städte von Barsoom. Wasser baute sie auf, der Mangel an Wasser bedeutete ihren Untergang. Ich frage mich oft, ob die Menschen auf der Erde, die Wasser im Überfluss haben, es wirklich zu schätzen wissen. Ich frage mich, ob den Bewohnern von New York City klar ist, was es für sie bedeuten würde, wenn ein Feind, der einen Luftwaffenstützpunkt in Reichweite der wichtigsten Stadt der Neuen Welt errichtete, den Croton-Damm und das Catskill-Wassersystem erfolgreich bombardierte und zerstörte. Die Eisenbahnen und Autobahnen wären voller Flüchtlinge, Millionen würden sterben, und für Jahre, vielleicht für immer, würde New York City aufhören zu existieren.

Als ich träge über der verlassenen Stadt schwebte, sah ich Gestalten, die sich auf einem Platz unter mir bewegten. Horz war also nicht ganz verlassen! Neugierig geworden, ließ ich mich ein wenig tiefer fallen; und was ich sah, vertrieb die Gedanken an Einsamkeit aus meinem Kopf - ein einzelner roter Mann, bedrängt von einem halben Dutzend grimmiger grüner Krieger.

Ich hatte das Abenteuer nicht gesucht, aber hier war es; denn kein seines Namens würdiger Mann, würde einen seiner eigenen Artgenossen in solch einer schrecklichen Notlage im Stich lassen. Ich sah eine Stelle, an der ich auf einem nahe gelegenen Platz landen konnte, und betete, dass die grünen Männer zu sehr mit ihrem Kampf beschäftigt sein würden, um meine Annäherung zu bemerken.

KAPITEL II

Glücklicherweise landete ich unbeobachtet, abgeschirmt von einem mächtigen Turm, der sich neben dem Platz erhob, den ich ausgewählt hatte. Ich hatte gesehen, dass sie mit Langschwertern kämpften, und so zog ich meins, als ich in die Richtung des ungleichen Kampfes lief. Daß der rote Mann auch nur ein paar Augenblicke gegen eine solche Übermacht überlebte, zeugte von der Vortrefflichkeit seiner Schwertkunst, und ich hoffte, dass er durchhalten würde, bis ich ihn erreichte; denn dann würde ihm der beste Schwertarm von ganz Barsoom zur Seite stehen und das Schwert, das das Blut von tausend Feinden in der ganzen Welt gekostet hatte.

Ich fand meinen Weg von dem Platz, auf dem ich gelandet war, aber nur, um vor einer zwanzig Fuß hohen Mauer zu stehen, in der ich keine Öffnung erkennen konnte. Zweifellos gab es eine, das wusste ich; aber in der Zeit, die ich damit verschwenden würde, sie zu finden, könnte mein Mann leicht getötet werden.

Das Klirren der Schwerter, die Verwünschungen und das Grunzen der kämpfenden Männer hörte ich deutlich von der gegenüberliegenden Seite der Mauer, die mir den Weg versperrte. Ich konnte sogar das schwere Atmen der Kämpfer hören. Ich hörte, wie die grünen Männer die Kapitulation ihres Opfers forderten und seine spöttische

Antwort. Mir gefiel, was er sagte und die Art, wie er es im Angesicht des Todes sagte.

Mein Wissen über die Methoden der grünen Männer versicherte mir, dass sie eher versuchen würden, ihn zum Zwecke der Folter gefangen zu nehmen, als ihn direkt zu töten, aber wenn ich ihn vor einem der beiden Schicksale retten wollte, musste ich schnell handeln.

Es gab nur einen Weg, ihn ohne Zeitverlust zu erreichen, und dieser Weg stand mir wegen der geringeren Gravitation des Mars und meiner großen irdischen Kraft und Beweglichkeit offen. Ich würde einfach auf die Spitze der Mauer springen, mir einen schnellen Überblick über die Lage dahinter verschaffen, mich dann mit dem Langschwert in der Hand hinunterfallen lassen und meinen Platz an der Seite des roten Mannes einnehmen.

Wenn ich mich anstrenge, kann ich in unglaubliche Höhen springen. Zwanzig Fuß sind nichts, aber dieses Mal habe ich mich verrechnet. Ich war noch einige Meter von der Wand entfernt, als ich einen kurzen Anlauf nahm und in die Luft sprang. Anstatt wie geplant oben auf der Mauer zu landen, schwebte ich komplett über sie hinweg und überflog sie um gut drei Meter.

Unter mir waren die Kämpfer. Offenbar würde ich genau in ihrer Mitte landen. Sie waren so in ihre Schwertkämpfe vertieft, dass sie mich nicht bemerkten; und das war gut für mich, denn einer der grünen Männer hätte mich leicht mit seinem Schwert aufspießen können, als ich auf sie fiel.

Mein Freund wurde schwer bedrängt. Es war offensichtlich, dass die grünen Männer die Idee aufgegeben hatten, ihn zu fangen, und versuchten, ihn zu erledigen. Einer von ihnen brachte ihn in Bedrängnis und war im Begriff, ihn mit seinem Langschwert zu durchbohren, als ich auftauchte. Durch ein seltenes Glück landete ich genau auf dem Rücken des Mannes, der den roten Mann töten wollte, und ich landete mit der Spitze meines Schwertes, das direkt unter mir herausragte. Sie traf ihn in der linken Schulter und ging abwärts durch sein Herz, und noch bevor er zusammenbrach, hatte ich beide Füße auf seine Schultern gepflanzt; und, mich aufrichtend, zog ich meine Klinge aus seinem Kadaver.

Für einen Moment waren sie alle durch meine erstaunliche Tat aus dem Konzept gebracht, und in diesem Moment sprang ich auf die Seite des roten Mannes und stellte mich seinen verbliebenen Feinden, wobei das rote Blut eines grünen Kriegers von meiner Spitze tropfte.

Der rote Mann warf mir einen kurzen Blick zu, und dann stürzten sich die restlichen grünen Männer auf uns, und es blieb keine Zeit für Worte. Ein Kerl schwang nach mir und verfehlte mich. Mein Gott, was für ein Schlag! Hätte er getroffen, wäre ich so kopflos wie ein Rykor gewesen. Pech für den grünen Mann, dass er nicht traf, denn meiner traf. Ich schnitt horizontal mit all meiner irdischen Kraft, die auf der Erde groß und auf dem Mars unendlich viel größer ist. Mein Langschwert, dessen Klinge so scharf wie eine Rasierklinge und dessen Stahl so ist, wie ihn nur Barsoom hervorbringen kann, ging vollständig durch den Körper meines Gegners und zerschnitt ihn in zwei Teile.

"Gut gemacht!", rief der rote Mann, und wieder warf er einen schnellen Blick auf mich.

Aus dem Augenwinkel erhaschte ich einen gelegentlichen Blick auf meinen unbekannten Kameraden, und ich sah einige wunderbare Schwertkünste. Ich war stolz darauf, an der Seite eines solchen Mannes zu kämpfen. Inzwischen hatten wir die Zahl unserer Gegner auf drei reduziert. Sie fielen ein paar Schritte zurück und ließen ihre Spitzen fallen, nur um einen Atemzug zu machen. Ich brauchte und wollte keine Verschnaufpause; aber als ich meinen Begleiter ansah, sah ich, dass er ziemlich erschöpft war; also ließ ich auch meinen Angriffspunkt los und wartete.

In diesem Moment konnte ich den Mann, für den ich mich eingesetzt hatte, zum ersten Mal richtig sehen, und ich bekam einen Schock. Dies war kein roter Mann, sondern ein weißer Mann, wenn ich je einen gesehen habe. Seine Haut war von der Sonne gebräunt, wie die meine, und das hatte mich zuerst getäuscht. Aber jetzt sah ich, dass er nichts Rotes, Maritimes an sich hatte. Sein Harnisch, seine Waffen, alles an ihm unterschied sich von allem, was ich auf dem Mars gesehen hatte.

Er trug einen Kopfschmuck, der auf Barsoom recht ungewöhnlich ist. Er bestand aus einem Lederband, das knapp über den Brauen um den Kopf lief, mit einem weiteren Lederband, das den Kopf von rechts nach links überquerte, und einem Zweiten von vorne nach hinten. Diese Bänder waren stark mit Gravuren verziert und mit Juwelen und Edelmetallen besetzt. In der Mitte des Bandes, das seine Stirn kreuzte, befand sich ein flaches Goldstück in Form einer Speerspitze mit der Spitze nach oben. Auch dieses war wunderschön gearbeitet und trug ein seltsames Motiv, das in Rot und Schwarz eingelegt war.

Begrenzt von diesem Kopfschmuck trug er einen Schopf aus blondem Haar - ein höchst erstaunlicher Anblick auf dem Mars. Zuerst kam ich zu dem Schluß, dass es sich um einen Thern aus dem fernen südpolaren Land handeln müsse; aber diesen Gedanken verwarf ich sofort, als ich erkannte, dass das Haar sein eigenes war. Die Therns sind völlig kahl und tragen große gelbe Perücken.

Ich sah auch, dass mein Begleiter seltsam gut aussehend war. Ich könnte sagen, schön, wenn das Wort nicht so verweichlicht wäre, und es war nichts Verweichlichtes an der Art, wie dieser Mann kämpfte, oder an den mächtigen Schwüren, die er ablegte, wenn er überhaupt mit einem Gegner sprach. Wir Kämpfer reden nicht viel, aber wenn man fühlt, wie die Klinge einen Schädel spaltet oder das Herz eines Gegners durchbohrt, dann wird einem manchmal ein großer Schwur von den Lippen gerissen.

Aber ich hatte wenig Zeit, meinen Gefährten zu begutachten, denn die übrigen drei stürzten sich im Nu wieder auf uns. Ich kämpfte an diesem Tag, wie ich wohl immer gekämpft habe; aber jedes Mal scheint es mir, dass ich nie so gut gekämpft habe wie bei dieser besonderen Gelegenheit. Ich rechne mir meine Kampffähigkeit nicht hoch an, denn es scheint mir, dass mein Schwert inspiriert ist. Kein Mensch könnte so schnell denken, wie meine Spitze sich bewegt, immer zur richtigen Zeit an der richtigen Stelle, als ob sie den nächsten Zug eines Gegners vorhersieht. Es webt ein Netz aus Stahl um mich, das nur wenige Klingen je durchstoßen haben. Es füllt die Augen des Gegners mit Erstaunen, seinen Verstand mit Zweifel und sein Herz mit Angst. Ich stelle mir vor, dass ein Großteil meines Erfolges auf die psychologische Wirkung meiner Schwertkunst auf meine Gegner zurückzuführen ist.

Gleichzeitig schlugen mein Begleiter und ich jeweils einen Gegner nieder, und dann wandte sich der verbleibende Krieger zur Flucht. " Lass ihn nicht entkommen!" rief mein Kamerad und sprang hinterher, wobei er laut um Hilfe rief, was er nicht getan hatte, als er vor den Spitzen von sechs Schwertern dem Tod nahe kam. Aber von wem erwartete er in dieser toten und verlassenen Stadt eine Antwort auf seinen Ruf? Warum rief er um Hilfe, als der letzte seiner Widersacher die Flucht antrat? Ich war verwirrt; aber da ich mich auf dieses seltsame Abenteuer eingelassen hatte, fühlte ich, dass ich es zu Ende bringen sollte, und so setzte ich dem fliehenden grünen Mann nach.

Er überquerte den Hof, in dem wir engagiert waren, und steuerte auf einen großen Torbogen zu, der in eine breite Allee mündete. Ich folgte ihm dicht auf den Fersen, nachdem ich sowohl ihn als auch den fremden Krieger überholt hatte. Als ich in die Allee kam, sah ich, wie der grüne Mann auf den Rücken eines der sechs Thoats sprang, die dort warteten, und gleichzeitig sah ich mindestens hundert Krieger aus einem nahe gelegenen Gebäude strömen. Es waren gelbhaarige weiße Männer, gekleidet, wie mein vorheriger Kampfgefährte, die sich nun der Verfolgung des grünen Mannes anschlossen. Sie waren mit Pfeil und Bogen bewaffnet und schickten eine Salve von Geschossen auf den fliehenden Gegner, den sie allerdings nicht einholen konnten und der bald außerhalb der Reichweite ihrer Waffen geriet.

Der Geist des Abenteuers ist so stark in mir, dass ich oft seinen Forderungen nachgebe, obwohl mein besseres Urteilsvermögen es mir verbietet. Diese Angelegenheit war nicht meine Sache. Ich hatte schon alles getan, und sogar mehr, als man von mir erwarten konnte; dennoch sprang ich auf den Rücken eines der verbliebenen Thoats und machte mich auf die Verfolgung des grünen Kriegers.

KAPITEL III

Es gibt zwei Arten von Thoats auf dem Mars: die kleine, vergleichsweise fügsame Rasse, die von den roten Marsianern als Satteltiere und in geringerem Maße als Lasttiere auf den Farmen verwendet wird, die an die großen Bewässerungskanäle grenzen; und dann gibt es die riesigen, bösartigen, widerspenstigen Tiere, die von den grünen Kriegern ausschließlich als Kriegsrosse benutzt werden.

Diese Kreaturen ragen bis zu zehn Fuß über die Schulter. Sie haben vier Beine auf jeder Seite und einen breiten, flachen Schwanz, der an der Spitze größer ist als an der Wurzel, den sie beim Laufen gerade nach hinten halten. Ihre klaffenden Mäuler spalten ihre Köpfe von der Schnauze bis zu den langen, massiven Hälsen. Ihr Körper, dessen oberer Teil eine dunkle Schieferfarbe hat und äußerst glatt und glänzend ist, ist völlig haarlos. Ihre Bäuche sind weiß und ihre Beine gehen allmählich von der Schieferfarbe des Körpers zu einem kräftigen Gelb an den Füßen über, die stark gepolstert und nackt sind.

Der Thoat des grünen Mannes hat die abscheulichste Veranlagung von allen Kreaturen, die ich je gesehen habe, nicht einmal die grünen

Männer selbst ausgenommen. Sie kämpfen ständig untereinander, und wehe dem Reiter, der die Kontrolle über sein schreckliches Reittier verliert; doch so paradox es auch erscheinen mag, sie werden ohne Zaumzeug oder Gebiss geritten und ausschließlich durch telepathische Mittel kontrolliert, was ich zu meinem Glück vor vielen Jahren lernte, als ich Gefangener von Lorquas Ptomel, Jed der Tharks, einer grünen Marshorde, war.

Das Tier, auf dessen Rücken ich mich gewölbt hatte, war ein bösartiger Teufel, und er nahm heftig Anstoß an mir und wahrscheinlich auch an meinem Geruch. Er versuchte, mich abzuschütteln, und als ihm das nicht gelang, griff er mit seinen riesigen, klaffenden Kiefern nach mir, um mich zu packen.

Es gibt, wie ich erwähnen möchte, eine zusätzliche Methode der Kontrolle, wenn diese hässlichen Tiere widerspenstig werden; und ich wendete sie in diesem Fall an, ungeachtet der Tatsache, dass ich von den wilden grünen Tharks widerwillig Anerkennung erhalten hatte, indem ich Thoats durch Geduld und Freundlichkeit kontrollierte. Für beides hatte ich jetzt keine Zeit, denn meine Beute raste die breite Allee entlang, die zu den alten Kais von Horz und den riesigen toten Meeresböden dahinter führte; also schlug ich mit der flachen Seite meines Breitschwertes kräftig auf den Kopf und die Schnauze des Tieres, bis ich es in die Unterwerfung geprügelt hatte; dann gehorchte es meinen telepathischen Befehlen und setzte mit großer Geschwindigkeit zur Verfolgung an.

Es war ein sehr schneller Thoat, einer der schnellsten, den ich je bestiegen hatte; außerdem trug er viel weniger Gewicht als das Tier, das wir zu überholen versuchten; so schlossen wir schnell auf den fliehenden grünen Mann auf.

Am Rande des Plateaus, auf dem die alte Stadt gebaut war, holten wir ihn ein, und dort hielt er an, wendete sein Reittier und bereitete sich auf den Kampf vor. In diesem Moment begann ich die wunderbare Intelligenz meines Reittieres zu schätzen. Fast ohne meine Anweisung manövrierte es sich in die richtigen Positionen, um mir einen Vorteil in diesem wilden Duell zu verschaffen, und als ich schließlich einen plötzlichen Vorteil errungen hatte, der meinen Rivalen fast aus dem Sattel gehoben hätte, stürzte sich mein Thoat wie ein wahnsinniger Teufel auf den Thoat des grünen Kriegers und riss mit seinen mächtigen Kiefern an seiner Kehle, während er versuchte, ihn mit dem Gewicht seines wilden Angriffs in die Knie zu zwingen.

In diesem Moment gab ich meinem geschlagenen und blutigen Gegner den Gnadenstoß und ritt zurück, um den Beifall und den Dank meiner neu gewonnenen Freunde entgegenzunehmen.

Sie warteten auf mich, hundert von ihnen, auf einem Platz, der wahrscheinlich einmal ein öffentlicher Marktplatz in der alten Stadt Horz gewesen war. Sie lächelten nicht. Sie sahen traurig aus. Als ich abstieg, drängten sie sich um mich.

"Ist der grüne Mann entkommen?", fragte einer, dessen Ornamente und Metall ihn als Anführer verkündeten.

"Nein", antwortete ich; "er ist tot."

Ein großer Seufzer der Erleichterung erhob sich aus hundert Kehlen. Warum sie eine solche Erleichterung darüber empfinden sollten, dass ein einzelner Grüner getötet worden war, verstand ich damals nicht.

Sie dankten mir und drängten sich dabei um mich; und doch waren sie lächelnd und traurig. Plötzlich erkannte ich, dass diese Menschen nicht freundlich waren - es wurde mir intuitiv klar, aber zu spät. Sie drängten sich von allen Seiten gegen mich, so dass ich nicht einmal einen Arm heben konnte, und dann, ganz plötzlich auf ein Wort ihres Anführers, wurde ich entwaffnet.

"Was hat das zu bedeuten?" fragte ich. "Aus eigenem Antrieb kam ich einem eurer Leute zu Hilfe, der sonst getötet worden wäre. Ist das der Dank, den ich erhalten soll? Gebt mir meine Waffen zurück und lasst mich gehen."

"Es tut mir leid", sagte derjenige, der zuerst gesprochen hatte, "aber wir können nicht anders handeln. Pan Dan Chee, zu dessen Hilfe du gekommen bist, hat darum gebeten, dass wir dir erlauben, deinen Weg zu gehen; aber so ist das Gesetz von Horz nicht. Ich muss dich zu Ho Ran Kim bringen, dem großen Jeddak von Horz. Dort werden wir alle für dich flehen, aber unsere Bitten werden vergeblich sein. Am Ende wirst du vernichtet werden. Die Sicherheit von Horz ist wichtiger als das Leben eines Menschen."

"Ich bedrohe nicht die Sicherheit von Horz", erwiderte ich. "Warum sollte ich Pläne für eine tote Stadt haben, die für das Imperium von Helium absolut unwichtig ist, in dessen Diensten Jeddak, Tardos Mors, ich den Harnisch eines Kriegsherrn trage."

"Es tut mir leid", rief Pan Dan Chee, der sich durch das Gedränge der Krieger an meine Seite geschoben hatte. "Ich habe dir zugerufen, als du den Thoat bestiegen und den grünen Krieger verfolgt hast, und dir gesagt, dass du nicht zurückkehren sollst, aber offensichtlich hast du mich nicht gehört. Dafür werde ich vielleicht sterben, aber ich werde mit Stolz sterben. Ich habe versucht, Lan Sohn Wen, der diesen Utan befehligt, zu beeinflussen, dir die Flucht zu ermöglichen, aber vergeblich. Ich werde für dich bei Ho Ran Kim, dem Jeddak, Fürsprache einlegen; aber ich fürchte, dass es keine Hoffnung gibt."

"Komm!", sagte Lan Sohn Wen; "wir haben hier genug Zeit verschwendet. Wir werden den Gefangenen zum Jeddak bringen. Übrigens, wie ist dein Name?"

"Ich bin John Carter, ein Prinz von Helium und Warlord von Barsoom", antwortete ich.

"Ein stolzer Titel, dieser letzte", sagte er; "aber von Helium habe ich noch nie gehört."

"Wenn mir hier etwas zustößt", erklärte ich, "wirst du von Helium hören, wenn Helium es jemals erfährt."

Ich wurde durch immer noch prächtige Alleen begleitet, flankiert von wunderschönen Gebäuden, die auch im Verfall noch schön sind. Ich glaube, ich habe noch nie eine so inspirierende Architektur und eine so beständige Bauweise gesehen. Ich weiß nicht, wie alt diese Gebäude sind, aber ich habe gehört, dass marsianische Gelehrte argumentieren, dass die ursprüngliche dominante Spezies von weißhäutigen, gelbhaarigen Menschen vor einer vollen Million Jahren blühte. Es scheint unglaublich, dass ihre Werke noch existieren sollen; aber es gibt viele Dinge auf dem Mars, die für die schmalen, erdgebundenen Menschen unseres kleinen Staubkorns unglaublich sind.

Endlich hielten wir vor einem winzigen Tor in einem kolossalen, festungsartigen Bauwerk, in dem es fünfzig Fuß über dem Boden keine andere Öffnung als dieses kleine Tor gab. Von einem Balkon fünfzig Fuß über dem Tor blickte ein Wächter auf uns herab. "Wer kommt?", forderte er, obwohl er zweifellos sehen konnte, wer kam, und Lan Sohn Wen erkannt haben musste.

"Es ist Lan Sohn Wen, Dwar, Kommandant des 1. Utan der Jeddaks Wachen, mit einem Gefangenen", antwortete Lan Sohn Wen.

Der Wächter schien verwirrt. "Mein Befehl lautet, keine Fremden einzulassen", sagte er, "sondern sie sofort zu töten."

"Ruf den Commander der Wache herbei", schnappte Lan Sohn Wen, und in diesem Moment kam ein Offizier mit der Wache auf den Balkon.

"Was soll das?", fragte er. "Kein Gefangener wurde jemals in die Zitadelle von Horz gebracht. Du kennst das Gesetz."

"Das ist ein Notfall", erklärte Lan Sohn Wen. "Ich muss diesen Mann vor Ho Ran Kim bringen. Öffne das Tor!"

"Nur auf Befehl von Ho Ran Kim selbst", antwortete der Commander der Wache.

"Dann geh und hol die Befehle", befahl Lan Sohn Wen. "Sag dem Jeddak, dass ich ihn dringend bitte, mich mit diesem Gefangenen zu empfangen. Er ist nicht wie andere Gefangene, die uns in der Vergangenheit in die Hände gefallen sind."

Der Offizier betrat wieder die Zitadelle und blieb vielleicht eine Viertelstunde weg, als das kleine Tor, vor dem wir standen, nach außen schwang und wir vom Commander der Wache selbst hereingewunken wurden.

"Der Jeddak wird euch empfangen", wandte er sich an den Dwar, Lan Sohn Wen.

Die Zitadelle war eine riesige ummauerte Stadt innerhalb der alten Stadt Horz. Sie konnte offensichtlich nur aus der Luft angegriffen werden. Im Inneren befanden sich angenehme Alleen, Häuser, Gärten und Geschäfte. Glückliche, sorglose Menschen blieben stehen und schauten mich erstaunt an, als ich einen breiten Boulevard hinunter zu einem stattlichen Gebäude geführt wurde. Es handelte sich um den Palast des Jeddak, Ho Ran Kim. Eine Wache stand auf jeder Seite des Portals. Es gab keine andere Wache; und diese beiden waren mehr als Formalität und als Boten da, als zum Schutz, denn innerhalb der Mauern der Zitadelle brauchte kein Mann Schutz vor einem anderen; wie ich noch lernen sollte.

Wir wurden für einige Minuten in einem Vorraum festgehalten, während wir angekündigt wurden, und dann wurden wir einen langen Korridor hinunter in einen mittelgroßen Raum geführt, wo ein Mann allein an einem Schreibtisch saß. Dies war Ho Ran Kim, Jeddak von Horz. Seine Haut wies nicht die gleiche Bräune auf wie die seiner Krieger, aber sein Haar war genauso gelb und seine Augen genauso blau.

Ich spürte, wie mich diese blauen Augen begutachteten, als ich mich seinem Schreibtisch näherte. Es waren freundliche Augen, aber mit einem Glitzern von Stahl. Von mir wanderten die Augen zu Lan Sohn Wen, und zu ihm sprach Ho Ran Kim.

"Das ist sehr ungewöhnlich", sprach er mit einer ruhigen, wohl modulierten Stimme. "Du weißt doch, dass Horasaner schon für weniger als das hier gestorben sind?"

"Das weiß ich, mein Jeddak", antwortete der Dwar; "aber dies ist ein höchst ungewöhnlicher Notfall."

"Erkläre dich", bat der Jeddak.

"Lasst es mich erklären", unterbrach Pan Dan Chee, "denn schließlich liegt die Verantwortung bei mir. Ich habe Lan Sohn Wen zu dieser Aktion gedrängt."

Der Jeddak nickte. "Fahre fort", forderte er.

KAPITEL IV

Ich konnte nicht verstehen, warum sie so ein Aufhebens darum machten, einen Gefangenen herbeizubringen, noch warum Männer für weniger gestorben waren, wie Ho Ran Kim Lan Sohn Wen erinnert hatte. In Helium hätte ein Krieger zumindest eine Belobigung erhalten, wenn er einen Gefangenen hergebracht hätte. Für die Hereinbringung von John Carter, dem Kriegsherrn vom Mars, hätte ein gewöhnlicher Krieger leicht von einem feindlichen Prinzen geadelt werden können.

"Mein Jeddak", begann Pan Dan Chee, "während ich von sechs grünen Kriegern bedrängt wurde, kam dieser Mann, der sagt, er sei als John Carter, Kriegsherr von Barsoom, bekannt, aus eigenem Antrieb, um an meiner Seite zu kämpfen. Woher er kam, weiß ich nicht. Ich weiß nur, dass ich in diesem Moment alleine kämpfte, ein hoffnungsloser Kampf, und dass im nächsten Moment der größte Schwertkämpfer, den Horz je gesehen hat, an meiner Seite kämpfte. Er hätte nicht kommen müssen; er hätte jederzeit gehen können, aber er blieb; und weil er blieb, bin ich am Leben und der letzte der sechs grünen Krieger liegt tot am alten Ufer. Er wäre entkommen, wenn nicht John Carter auf den Rücken eines großen Thoats gesprungen wäre und ihn verfolgt hätte.

"Der Mann hätte fliehen können, doch er kam zurück. Er kämpfte für einen Soldaten von Horz. Er vertraute den Männern von Horz. Sollen wir es ihm mit dem Tod vergelten?"

Pan Dan Chee hörte auf zu sprechen, und Ho Ran Kim richtete seine blauen Augen auf mich. "John Carter", sagte er, "was du getan hast, gebietet den Respekt und die Sympathie eines jeden Mannes von Horz. Es gewinnt den Dank ihres Jeddak, aber-" Er zögerte.

"Wenn ich dir etwas von unserer Geschichte erzähle, wirst du vielleicht verstehen, warum ich dich zum Tode verurteilen muss." Er hielt einen Moment inne, wie in Gedanken.

Zur gleichen Zeit dachte ich auch ein wenig über mich selbst nach. Die beiläufige Art und Weise, in der Ho Ran Kim mich zum Tode verurteilt hatte, hatte mir eher den Atem geraubt. Er wirkte so freundlich, dass es nicht möglich schien, dass er es ernst meinte, aber ein Blick auf das Glitzern in diesen blauen Augen versicherte mir, dass er nicht scherzte.

"Ich bin sicher", erklärte ich, "dass die Geschichte von Horz höchst interessant sein muss; aber im Moment bin ich am meisten daran interessiert, zu erfahren, warum ich dafür sterben müsste, dass ich mich mit einem kämpfenden Mann von Horz angefreundet habe."

"Das werde ich dir erklären", gab er zu verstehen.

"Das wird sehr erklärungsbedürftig sein, Majestät", versicherte ich ihm.

Er schenkte dem keine Beachtung, sondern fuhr fort. "Die Bewohner von Horz sind, soweit wir wissen, der einzige verbliebene Rest der einst dominierenden Spezies von Barsoom, den Orovars. Vor einer Million Jahren umkreisten unsere Flugschiffe die fünf großen Ozeane, die wir beherrschten. Die Stadt Horz war nicht nur die Hauptstadt eines großen Reiches, sie war auch der Sitz der Gelehrsamkeit und der Kultur der glorreichsten Spezies von Menschen, die eine Welt je gekannt hat. Unser Reich erstreckte sich von Pol zu Pol. Es gab noch andere Spezies auf Barsoom, aber sie waren zahlenmäßig gering und in ihrer Bedeutung vernachlässigbar. Wir sahen sie als minderwertige Kreaturen an. Die Orovars besaßen Barsoom, das unter einer Reihe mächtiger Jeddaks aufgeteilt war. Sie waren ein glückliches, wohlhabendes und zufriedenes Volk, dessen verschiedene Völker sich nur selten bekriegten. Horz hatte tausend Jahre Frieden genossen.

"Sie hatten den ultimativen Gipfel der Zivilisation und Perfektion erreicht, als der erste Schatten des bevorstehenden Schicksals ihren Horizont verdunkelte - die Meere begannen sich zurückzuziehen, die Atmosphäre wurde dünner. Was die Wissenschaft schon lange vorhergesagt hatte, trat ein - eine Welt lag im Sterben.

"Seit Ewigkeiten folgten unsere Städte den zurückweichenden Wassern. Meerengen und Buchten, Kanäle und Seen trockneten aus. Wohlhabende Hafenstädte wurden zu verlassenen Städten im Landesinneren. Hungersnöte kamen. Hungrige Horden führten Krieg gegen die Glücklicheren. Die wachsenden Horden wilder grüner Männer überrannten, was einst fruchtbares Ackerland gewesen war, und plünderten alles aus.

"Die Atmosphäre wurde so dünn, dass es Mühe machte, zu atmen. Wissenschaftler arbeiteten an einer Atmosphärenanlage, aber bevor sie fertiggestellt und erfolgreich in Betrieb genommen werden konnte, waren alle Bewohner von Barsoom bis auf wenige Ausnahmen gestorben. Nur die Widerstandsfähigsten überlebten - die grünen Männer, die roten Männer und ein paar Orovars; dann wurde das Leben nur noch ein Kampf um das Überleben der Stärksten.

"Die grünen Menschen jagten uns, wie wir Raubtiere gejagt hatten. Sie gaben uns keine Ruhe, sie zeigten uns keine Gnade. Wir waren wenige, sie waren viele. Horz wurde zu unserer letzten Zufluchtsstadt, und unsere einzige Hoffnung zu überleben lag darin, zu verhindern, dass die Außenwelt von unserer Existenz erfuhr; deshalb haben wir seit Ewigkeiten jeden Fremden erschlagen, der nach Horz kam und einen Orovar sah, damit niemand weggehen und unsere Anwesenheit an unsere Feinde verraten konnte.

"Nun wirst du verstehen, dass, so sehr wir die Notwendigkeit auch bedauern müssen, es offensichtlich ist, dass wir dich nicht leben lassen können."

"Ich kann verstehen", sagte ich, "dass ihr es für nötig haltet, einen Feind zu vernichten; aber ich sehe keinen Grund, einen Freund zu vernichten. Wie auch immer, das müsst ihr entscheiden."

"Es ist bereits entschieden, mein Freund", sagte der Jeddak. "Du musst sterben."

"Nur einen Moment, oh Jeddak!", rief Pan Dan Chee aus. "Bevor du ein endgültiges Urteil fällst, bedenke diese Alternative. Wenn er hier in Horz bleibt, kann er keine Nachricht an unsere Feinde überbringen. Wir sind ihm zu großem Dank verpflichtet. Erlaubt ihm also zu leben, aber immer innerhalb der Mauern der Zitadelle."

Es gab zustimmendes Nicken von den anderen Anwesenden, und ich sah an seinen schnell huschenden Augen, dass Ho Ran Kim sie bemerkt hatte. Er räusperte sich. "Vielleicht ist das etwas, über das man nachdenken sollte", meinte er. "Ich werde mir das Urteil bis morgen vorbehalten. Ich tue dies größtenteils aus Liebe zu dir, Pan Dan Chee; insofern, als du, weil es deiner Aufdringlichkeit zu verdanken ist, dass dieser Mann hier ist, das Schicksal erleiden musst, das für ihn bestimmt ist."

Pan Dan Chee war sicherlich überrascht, und er konnte es auch nicht verbergen; aber er nahm den Schlag wie ein Mann. "Ich werde es als Ehre betrachten", sagte er, "jedes Schicksal zu teilen, das John Carter, dem Kriegsherrn von Barsoom, zuteilwerden mag."

"Gut gesprochen, Pan Dan Chee!", rief der Jeddak aus. "Meine Bewunderung für dich wächst ebenso wie die Bitterkeit meines Kummers, wenn ich die fast unausweichliche Überzeugung betrachte, dass du morgen sterben wirst."

Pan Dan Chee verbeugte sich. "Ich danke Eurer Majestät für Eure tiefe Sorge", sagte er. "Die Erinnerung daran wird meine letzten Stunden verklären."

Der Jeddak richtete seine Augen auf Lan Sohn Wen und hielt sie für eine scheinbar volle Minute auf ihn gerichtet. Ich hätte zehn zu eins gewettet, dass Ho Ran Kim sich weiteres unsagbares Leid zufügen würde, indem er Lan Sohn Wen zum Tode verurteilte. Ich glaube, Lan Sohn Wen dachte das Gleiche. Er sah besorgt aus.

"Lan Sohn Wen", sagte Ho Ran Kim, "du wirst diese beiden zu den Gruben führen und sie dort für die Nacht lassen. Sorge dafür, dass sie gutes Essen und jeden möglichen Komfort haben, denn sie sind meine Ehrengäste."

"Aber die Gruben, Eure Majestät!", rief Lan Sohn Wen aus. "Sie sind seit Menschengedenken nicht mehr benutzt worden. Ich weiß nicht einmal, ob ich den Eingang zu ihnen finden kann."

"Das ist richtig", bestätigte Ho Ran Kim nachdenklich. "Selbst wenn du sie finden würdest, könnten sie sich als sehr schmutzig und unangenehm erweisen. Vielleicht wäre es gütiger, John Carter und Pan Dan Chee gleich zu vernichten."

"Wartet, Majestät", sagte Pan Dan Chee. "Ich weiß, wo der Eingang zu den Gruben liegt. Ich war schon in ihnen. Man kann sie sehr leicht bequem machen. Ich würde nicht daran denken, Eure Pläne zu ändern oder Euch gleich den tiefen Kummer über das vorzeitige Ableben von John Carter und mir zu bereiten. Komm, Lan Sohn Wen! Ich werde Euch den Weg zu den Gruben von Horz weisen!"

KAPITEL V

Es war ein Glück für mich, dass Pan Dan Chee ein schneller Redner war. Bevor Ho Ran Kim irgendwelche Einwände formulieren konnte, verließen wir den Audienzsaal und machten uns auf den Weg zu den Gruben von Horz, und ich kann euch sagen, dass ich heilfroh war, diesen freundlichen und rücksichtsvollen Tyrannen nicht mehr sehen zu müssen. Es ließ sich nicht vorhersagen, wann ein neuer humanitärer Drang ihn dazu bringen würde, uns sofort die Köpfe abzuschlagen.

Der Eingang zu den Gruben von Horz befand sich in einem kleinen, fensterlosen Gebäude nahe der hinteren Mauer der Zitadelle. Er wurde von massiven Toren verschlossen, die auf korrodierten Scharnieren knarrten, als zwei der Krieger, die uns begleitet hatten, sie aufstießen.

"Es ist dunkel da drinnen", bemerkte Pan Dan Chee. "Ohne Licht werden wir uns das Genick brechen."

Lan Sohn Wen, ein guter Kerl, schickte einen seiner Männer, um einige Fackeln zu holen, und als er zurückkam, betraten Pan Dan Chee und ich die düstere Grube.

Wir hatten nur ein paar Schritte zum Kopf einer in den Fels gehauenen Rampe gemacht, die nach unten in die stygische Dunkelheit führte, als Lan Sohn Wen rief: "Warte! Wo ist der Schlüssel zu diesen Toren?"

"Der Hüter der Schlüssel irgendeines großen Jeddak, der vor Tausenden von Jahren gelebt hat, mag es wissen", antwortete Pan Dan Chee, "aber ich weiß es nicht."

"Aber wie soll ich dich dann einsperren?", fragte Lan Sohn Wen.

"Der Jeddak hat dir nicht gesagt, dass du uns einsperren sollst", erwiderte Pan Dan Chee. "Er sagte, du sollst uns zu den Gruben bringen und uns dort für die Nacht zurücklassen. Ich erinnere mich noch genau an seine Worte."

Lan Sohn Wen steckte in einem Dilemma, aber schließlich fand er einen Weg, um zu entkommen. "Komm", sagte er, "ich bringe dich zurück zum Jeddak und erkläre ihm, dass es keine Schlüssel gibt; dann wird es an ihm liegen."

"Und du weißt, was er tun wird!", gab Pan Dan Chee zu bedenken.

"Was?", fragte Lan Sohn Wen.

"Er wird befehlen, uns sofort zu vernichten. Komm, Lan Sohn Wen, verdamme uns nicht zum sofortigen Tod. Postiere eine Wache an den Toren, mit dem Befehl, uns zu töten, wenn wir versuchen zu fliehen."

Lan Sohn Wen überlegte einen Moment lang und nickte schließlich zustimmend mit dem Kopf. "Das ist ein exzellenter Plan", meinte er und wies zwei Krieger an, Wache zu halten; er sorgte für ihre Ablösung, wünschte uns eine gute Nacht und zog mit seinen Kriegern von dannen.

Ich habe noch nie so zuvorkommende und rücksichtsvolle Menschen gesehen wie die Orovars; es könnte fast ein Vergnügen sein, sich von einem von ihnen die Kehle durchschneiden zu lassen, so höflich wäre er dabei. Sie sind das absolute Gegenteil ihrer Erbfeinde, der grünen Männer; denn diese sind weder mit Höflichkeit, Rücksichtnahme noch Freundlichkeit ausgestattet. Sie sind kalte, grausame, abgrundtiefe Bestien, denen Liebe fremd ist und deren Credo Hass ist.

Trotzdem bot die Grube von Horz keinerlei Annehmlichkeiten. Der Staub der Jahrhunderte lag auf der Rampe, die wir hinuntergingen. Von ihrem Ende aus erstreckte sich ein Korridor jenseits der Grenzen unseres Fackellichts. Es handelte sich um einen breiten Korridor, von dem aus sich auf beiden Seiten Türen öffneten. Ich nahm an, dass dies die Verliese waren, in denen die alten Jeddaks ihre Feinde einsperrten. Ich fragte Pan Dan Chee.

"Wahrscheinlich", sagte er, "obwohl unsere Jeddaks sie nie benutzten."

"Haben sie nie Feinde gehabt?", fragte ich.

"Gewiss, aber sie hielten es für grausam, Männer in dunklen Löchern wie diesen einzusperren; deshalb haben sie diese immer sofort getötet, wenn sie im Verdacht standen, Feinde zu sein."

"Warum sind die Gruben dann hier?", fragte ich weiter.

"Oh, sie wurden gebaut, als die Stadt gebaut wurde, vielleicht vor einer Million Jahren, vielleicht auch mehr. Die Zitadelle wurde nur zufällig um den Eingang herum gebaut."

Ich warf einen Blick in einen der Kerker. Ein morsches Skelett lag auf dem Boden, die verrosteten Eisen, die es an der Wand befestigt hatten, lagen zwischen seinen Knochen. Im nächsten Verlies lagen drei Skelette und zwei prächtig geschnitzte, metallgefasste Truhen. Als Pan Dan Chee den Deckel einer der Truhen öffnete, konnte ich kaum ein Keuchen des Erstaunens und der Bewunderung unterdrücken. Die Truhe war gefüllt mit prächtigen Edelsteinen in Fassungen von kunstvoller Schönheit, Exemplare vergessener Künste, die Handwerkskunst von Meisterhandwerkern, die vor einer Million Jahren gelebt hatten. Ich glaube, dass mich nichts, was ich jemals zuvor gesehen hatte, so beeindruckt hatte. Und es war deprimierend, denn diese Juwelen waren von lieblichen Frauen und tapferen Männern getragen worden, die in einer so vollständigen Vergessenheit verschwanden, dass nicht einmal eine Erinnerung an sie blieb.

Meine Träumerei endete mit dem Geräusch von schlurfenden Füßen hinter mir. Ich drehte mich um und instinktiv flog meine Hand dorthin, wo der Griff eines Schwertes hätte sein sollen, aber nicht war. Vor mir stand der größte Ulsio, den ich je gesehen hatte, und war bereit, sich auf mich zu stürzen.

Diese marsianischen Ratten sind wilde und abscheuliche Wesen. Sie sind vielbeinig und haarlos, ihr Fell ähnelt dem einer neugeborenen Maus, was ihre Widerwärtigkeit angeht. Ihre Augen liegen klein und eng beieinander und befinden sich fast versteckt in tiefen, fleischigen Öffnungen. Ihre grausamsten und abstoßendsten Merkmale sind jedoch ihre Kiefer, deren gesamte knöcherne Struktur mehrere Zoll über das Fleisch hinausragt und fünf scharfe, spitze Zähne in jedem Kiefer offenbart, die das Aussehen eines verrottenden Gesichts suggerieren, von dem ein Großteil des Fleisches abgefallen ist. Normalerweise haben sie etwa die Größe eines American Terriers, aber das Ding, das sich an diesem Tag in den Gruben von Horz auf mich stürzte, war so groß wie ein kleiner Puma und zehnmal so grausam.

Als sich die Kreatur auf meine Kehle stürzte, versetzte ich ihr einen schweren Schlag auf die Schädelseite und stieß sie in eine Richtung; aber sie stand sofort wieder auf und griff mich an; dann kam Pan Dan Chee ins Spiel. Sie hatten ihn nicht entwaffnet, und mit dem Kurzschwert setzte er zum Angriff auf den Ulsio an.

Es war ein regelrechter Kampf. Dieser Ulsio war das wildeste und entschlossenste Tier, das ich je gesehen hatte, und er lieferte Pan Dan Chee den Kampf seines Lebens. Er schlug ihm zwei seiner sechs Beine, ein Ohr und die meisten seiner Zähne ab, bevor die Grausamkeit seiner wiederholten Angriffe überhaupt nachließ. Es wurde fast in Stücke geschnitten, doch er forcierte immer wieder den Kampf. Ich konnte nur dastehen und zuschauen, was nicht die Rolle ist, die ich in einem Kampf gerne einnehme. Endlich aber ging es zu Ende, der Ulsio wurde erschlagen, und Pan Dan Chee sah mich an und lächelte.

Er sah sich nach etwas um, woran er das Blut von seiner Klinge abwischen konnte. "Vielleicht befindet sich etwas in dieser anderen Truhe", schlug ich vor; und indem ich zu ihr ging, hob ich den Deckel an.

Die Truhe war ungefähr sieben Fuß lang, zweieinhalb breit und zwei tief. In ihr lag der Körper eines Mannes. Sein kunstvoller Harnisch wies eine Vielzahl von Juwelen auf. Er trug einen vollständig mit Diamanten besetzten Helm, einen der wenigen Helme, die ich je auf dem Mars gesehen hatte. Die Scheiden seines Langschwertes, seines Kurzschwertes und seines Dolches trugen die gleichen Verzierungen.

Er war ein sehr ansehnlicher Mann gewesen und seine Leiche sah immer noch gut aus. Sie war so perfekt erhalten, dass man meinen könnte, er sei noch am Leben, wäre da nicht die dünne Staubschicht, die seine Gesichtszüge bedeckte. Als ich diese wegblies, sah er so lebendig aus wie du oder ich.

"Ihr begrabt eure Toten hier?", fragte ich Pan Dan Chee, doch er schüttelte den Kopf.

"Nein", antwortete er. "Dieser Kerl ist vielleicht schon eine Million Jahre hier."

"Blödsinn!", rief ich aus. "Dann wäre er schon vor Tausenden von Jahren ausgetrocknet und fortgeweht worden."

"Da bin ich mir nicht so sicher", erwiderte Pan Dan Chee. "Es gab viele Dinge, die diese alten Kerle wussten, die heute verlorene Künste sind. Das Einbalsamieren gehörte dazu, wie ich weiß. Es gibt die Legende von Lee Um Lo, dem berühmtesten Einbalsamierer aller Zeiten. Sie erzählt, dass er so perfekt arbeitete, dass nicht einmal der Leichnam selbst wusste, dass er bereits tot war; und bei mehreren Gelegenheiten standen sie auf und gingen während der Beerdigungsfeierlichkeiten hinaus. Das Ende von Lee Um Lo kam, als die Frau eines großen Jeddak nicht merkte, dass sie tot war, und direkt auf den Jeddak und seine neue Frau losging. Am nächsten Tag verlor Lee Um Lo seinen Kopf."

"Das ist eine tolle Geschichte", lachte ich, "aber ich hoffe, dieser Kerl begreift, dass er tot ist, denn ich werde ihn gleich entwaffnen. Er hätte sich vor einer Million Jahren wohl kaum träumen lassen, dass er eines Tages den Kriegsherrn von Barsoom wieder bewaffnen würde."

Pan Dan Chee half mir, den Leichnam anzuheben und seinen Gurt zu entfernen; und wir erschraken beide ziemlich über die weiche, biegsame Beschaffenheit des Fleisches und seine natürliche Wärme.

"Meinst du, wir könnten uns irren?", fragte ich. "Könnte es sein, dass er nicht tot ist?"

Pan Dan Chee zuckte mit den Schultern. "Das Wissen und die Künste der Alten sind jenseits des Wissens des modernen Menschen", gab er zu bedenken.

"Das hilft uns kein bisschen", bemerkte ich. "Glaubst du, der Kerl kann noch leben?"

"Sein Gesicht ist voller Staub", meinte Pan Dan Chee, "und seit Tausenden und Abertausenden von Jahren ist niemand mehr in diesen Gruben gewesen. Wenn er nicht tot ist, müsste er es sein."

Ich stimmte zu und schnallte mir kurzerhand den prächtigen Harnisch um. Ich zog die Schwerter und den Dolch und untersuchte sie. Sie blitzten so blank und fein wie an dem Tag, an dem sie ihren ersten Schliff erhalten hatten, und ihre Schneiden schnitten scharf. Wieder einmal fühlte ich mich wie ein ganzer Mann, so sehr ist ein Schwert ein Teil von mir.

Als wir auf den Korridor hinaus traten, sah ich ein Licht in der Ferne. Es verschwand fast augenblicklich. "Hast du das gesehen?", fragte ich Pan Dan Chee.

"Ich habe es gesehen", bestätigte er, und seine Stimme klang besorgt. "Hier sollte es kein Licht geben, denn es gibt keine Menschen."

Wir schauten angestrengt den Korridor entlang, um eine Wiederholung des Lichts zu sehen. Es gab keine, aber aus der Ferne hallte ein hohles Lachen durch den dunklen Korridor.

KAPITEL VI

Pan Dan Chee sah mich an. "Was", fragte er, "könnte das gewesen sein?"

"Für mich klang es sehr nach einem Lachen", antwortete ich.

Pan Dan Chee nickte. "Ja", stimmte er zu, "aber wie kann es ein Lachen geben, wo es niemanden gibt, der lacht?" Pan Dan Chee war verblüfft.

"Vielleicht haben die Ulsios von Horz das Lachen gelernt", schlug ich lächelnd vor.

Pan Dan Chee ignorierte meinen Scherz. "Wir haben ein Licht gesehen und ein Lachen gehört", erklärte er nachdenklich. "Was bedeutet das für dich?"

"Dasselbe, was es dir vermittelt", erwiderte ich: "Dass hier unten in den Gruben von Horz jemand außer uns ist."

"Ich wüsste nicht, wie das möglich sein sollte", gab er zu bedenken.

"Lasst uns nachforschen", schlug ich vor.

Mit gezückten Schwertern rückten wir vor; denn wir kannten weder die Natur noch das Temperament des Besitzers dieses Lachens, und es bestand immer die Möglichkeit, dass ein Ulsio aus einem der Verliese sprang und uns angriff.

Der Korridor verlief für einige Zeit gerade, dann begann er, sich zu winden. Es gab viele Abzweigungen und Kreuzungen, aber wir hielten uns an das, was wir für den Hauptkorridor hielten. Wir sahen keine Lichter mehr, hörten kein Lachen mehr. In dem ganzen riesigen Labyrinth von Gängen gab es kein anderes Geräusch als das gedämpfte Klirren unseres Metalls, das gelegentliche Schlurfen unserer beschuhten Füße und das leise Rauschen unserer Ledergeschirre.

"Es ist sinnlos, weiter zu suchen", erklärte Pan Dan Chee schließlich. "Wir können genauso gut zurückgehen."

Nun hatte ich nicht die Absicht, zurück in den Tod zu gehen. Ich schlussfolgerte, dass das Licht und das Lachen auf die Anwesenheit von Menschen in diesen Gruben hinwiesen. Wenn die Bewohner von Horz nichts von ihnen wussten; dann mussten diese von außerhalb der Zitadelle in die Gruben eindringen, was mir einen Fluchtweg offenbarte. Daher wollte ich unsere Schritte nicht zurückverfolgen; also schlug ich vor, dass wir eine Weile rasten sollten und unsere zukünftigen Pläne besprechen.

"Wir können rasten", meinte Pan Dan Chee, "aber es gibt nichts zu besprechen. Unsere Pläne sind alle von Ho Ran Kim für uns gemacht worden."

Wir betraten eine Zelle, die keine grimmigen Erinnerungen an vergangene Tragödien enthielt; und nachdem wir eine unserer Fackeln in einer Nische in der Wand verkeilt hatten, setzten wir uns auf den harten Steinboden.

"Vielleicht sind deine Pläne von Ho Ran Kim für dich gemacht worden", begann ich, "aber ich mache meine eigenen Pläne."

"Und die sind ...?", wollte er wissen.

"Ich gehe nicht zurück, um ermordet zu werden. Ich werde einen Weg aus diesen Gruben finden."

Pan Dan Chee schüttelte bedauernd den Kopf. "Es tut mir leid", stellte er fest, "aber du gehst zurück, um dein Schicksal mit mir zu teilen."

"Wie kommst du darauf?", fragte ich.

"Weil ich dich zurückbringen muss. Du weißt genau, dass ich keinen Fremden aus Horz entkommen lassen darf."

"Das bedeutet, dass wir auf Leben und Tod kämpfen müssen, Pan Dan Chee", erklärte ich, "und ich möchte keinen töten, an dessen Seite ich gekämpft habe und den ich zu bewundern gelernt habe."

"Mir geht es genauso, John Carter", bestätigte Pan Dan Chee. "Ich möchte dich nicht töten; aber du musst meine Lage verstehen - wenn du nicht freiwillig mit mir kommst, werde ich dich töten müssen."

Ich versuchte, ihn von seinem törichten Standpunkt abzubringen, aber er blieb unnachgiebig. Ich war mir sicher, dass Pan Dan Chee mich mochte, und ich schreckte vor dem Gedanken zurück, ihn zu töten, da ich wusste, dass ich es tun müsste. Er war ein ausgezeichneter Schwertkämpfer, aber welche Chance hätte er gegen den Meisterschwertkämpfer zweier Welten? Es tut mir leid, wenn das wie Prahlerei klingen sollte, denn ich verabscheue Prahlerei - ich habe nur erzählt, was eine Tatsache ist. Ich bin zweifelsohne der beste Schwertkämpfer, der je gelebt hat.

"Nun", meinte ich, "wir müssen uns ja nicht gleich gegenseitig umbringen. Genießen wir noch eine Weile die Gesellschaft des anderen."

Pan Dan Chee lächelte. "Das passt mir gut", erklärte er.

"Wie wäre es mit einer Partie Jetan?", fragte ich. "Es wird helfen, sich die Zeit angenehm zu vertreiben."

"Wie können wir Jetan ohne ein Brett oder Figuren spielen?", erkundigte er sich.

Ich öffnete den ledernen Taschenbeutel, wie ihn alle Marsianer bei sich tragen, und nahm ein winziges, faltbares Jetan-Brett mit allen Figuren heraus - ein Geschenk von Dejah Thoris, meiner unvergleichlichen Gefährtin. Pan Dan Chee zeigte sich davon fasziniert, und es ist ein wunderbares Prachtstück. Der größte Künstler von Helium hatte die Stücke entworfen, die unter seiner Anleitung von zwei unserer größten Bildhauer geschnitzt wurden.

Jedes der Stücke, wie z.B. Krieger, Padwars, Dwars, Panthans und Häuptlinge, wurden nach dem Abbild bekannter marsianischer Kämpfer geschnitzt; und eine der Prinzessinnen stellte eine wunderschön ausgeführte Miniaturschnitzerei von Tara von Helium dar, und die andere Prinzessin, Llana von Gathol.

Ich bin ungemein stolz auf dieses Jetan-Set; und weil die Figuren so winzig sind, trage ich immer ein kleines, aber starkes Leseglas bei mir, nicht allein, damit ich mich an ihnen erfreuen kann, sondern auch, damit andere es können. Ich bot es nun Pan Dan Chee an, der die Figuren genauestens untersuchte.

"Außergewöhnlich", kommentierte er. "Ich habe noch nie etwas Schöneres gesehen." Er hatte eine Figur viel länger untersucht als die anderen und hielt sie nun in der Hand, als wolle er sie nur ungern aus der Hand geben. "Was für eine vorzügliche Fantasie muss der Künstler gehabt haben, der diese Figur geschaffen hat, denn er konnte kein Vorbild für eine so prachtvolle Schönheit haben; denn nichts dergleichen existiert auf Barsoom."

"Jede dieser Figuren wurde nach dem Leben geschnitzt", erklärte ich ihm.

"Die anderen vielleicht", antwortete er, "aber diese nicht. Keine so schöne Frau hat je gelebt."

"Welche ist es?" fragte ich, und er reichte sie mir. "Das", erklärte ich, "ist Llana von Gathol, die Tochter von Tara von Helium, die meine Tochter ist. Sie lebt wirklich, und dies ist ein hervorragendes Abbild von ihr. Natürlich kann diese Figur ihr nicht gerecht werden, da sie weder ihre Lebendigkeit noch den Charme ihrer Persönlichkeit wiedergeben kann."

Er nahm das Figürchen zurück und hielt sie lange unter dem Glas; dann stellte er sie wieder in die Schachtel. "Sollen wir spielen?" fragte ich.

Er schüttelte den Kopf. "Es wäre ein Sakrileg", fand er, "bei einem Spiel mit der Figur einer Göttin zu spielen."

Ich packte die Spielsteine wieder in das winzige Schachtelchen, das auch das Spielbrett bildete, und steckte es zurück in meinen Beutel. Pan Dan Chee saß schweigend da. Das Licht der einzigen Fackel warf unsere Schatten tief und dunkel auf den Boden.

Diese Fackeln von Horz haben mich sehr beeindruckt. Sie sind äußerst raffiniert. Sie haben sie einen zylindrischen zentralen Kern, der mit einem kalten Licht hell leuchtet, wenn er der Luft ausgesetzt wird. Indem man eine aufklappbare Kappe umlegt und den zentralen Kern mit einem Daumenknopf nach oben schiebt, wird er der Luft ausgesetzt und leuchtet hell. Je weiter er nach oben geschoben wird und je mehr von ihm freigelegt wird, desto intensiver leuchtet er. Pan Dan Chee erzählte mir, dass diese Lampen schon vor Ewigkeiten erfunden wurden und dass durch die Beleuchtung so wenig Materieverlust entsteht, dass sie praktisch ewig halten. Die Kunst der Herstellung des zentralen Kerns ging in der fernen Antike verloren, und kein Wissenschaftler war seitdem in der Lage, seine Zusammensetzung zu analysieren.

Es dauerte lange, bis Pan Dan Chee wieder sprach; dann erhob er sich. Er sah müde und traurig aus. "Komm", begann er, "lass es uns hinter uns bringen," und er zog sein Schwert.

"Warum sollten wir kämpfen?", fragte ich. "Wir sind Freunde. Wenn ich weggehe, verspreche ich mit meiner Ehre, dass ich keine anderen nach Horz führen werde. Lass mich also in Frieden gehen. Ich will dich nicht töten. Oder, noch besser, du begleitest mich. Es gibt viel zu sehen in der Welt außerhalb von Horz und viel zu erleben."

"Führe mich nicht in Versuchung", flehte er, "denn ich will mitkommen. Zum ersten Mal in meinem Leben möchte ich Horz verlassen, aber ich darf nicht. Komm! John Carter. Zur Wache! Einer von uns muss sterben, wenn du nicht freiwillig mit mir zurückkehrst."

"In diesem Fall werden wir beide sterben", erinnerte ich ihn. "Das ist sehr töricht, Pan Dan Chee."

"Aufgepasst!", war seine einzige Antwort.

Es blieb mir nichts anderes übrig, als zu ziehen und mich zu verteidigen. Noch nie habe ich mit weniger Vergnügen gezogen.

KAPITEL VII

Pan Dan Chee ging nicht in die Offensive, und er bot nur sehr wenig zur Verteidigung an. Von dem Moment an, als ich mein Schwert zog, hätte ich ihn jederzeit durchbohren können, wenn ich gewollt hätte. Fast sofort erkannte ich, dass er mir meine Freiheit auf Kosten seines eigenen Lebens anbot, aber ich würde ihm nicht das Leben nehmen.

Schließlich wich ich zurück und ließ meine Klinge fallen. "Ich bin kein Schlächter, Pan Dan Chee", erklärte ich. "Komm! Wehre dich!"

Er schüttelte den Kopf. "Ich kann dich nicht töten", sagte er schlicht und einfach.

"Warum?", fragte ich.

"Weil ich ein Narr bin", antwortete er. "In deinen und ihren Adern fließt das gleiche Blut. Ich könnte dieses Blut nicht vergießen. Ich könnte sie nicht unglücklich machen."

"Wie meinst du das?", verlangte ich zu erfahren. "Wovon sprichst du?"

"Ich spreche von Llana von Gathol", gab er zurück, "die schönste Frau der Welt, die Frau, die ich nie sehen werde, für die ich aber gerne mein Leben gebe."

Nun, marsianische Kämpfer sind sprichwörtlich ritterlich, aber das ging viel weiter, als ich es je zuvor erlebt hatte.

"Nun gut", erklärte ich; "und da ich nicht vorhabe, dich zu töten, ist es sinnlos, mit diesem albernen Duell weiterzumachen."

Ich steckte mein Schwert wieder in die Scheide, und Pan Dan Chee tat es mir gleich.

"Was sollen wir tun?", fragte er. "Ich kann dich nicht entkommen lassen, aber ich kann es andererseits auch nicht verhindern. Ich bin ein Verräter an meinem Land. Deshalb werde ich mich selbst vernichten müssen."

Ich hatte einen Plan. Ich würde Pan Dan Chee bis fast zum Eingang der Gruben zurückbegleiten und ihn dort überwältigen, fesseln und knebeln; dann würde ich meine Flucht antreten, oder zumindest versuchen, einen anderen Ausgang aus den Gruben zu finden. Pan Dan Chee würde entdeckt werden und könnte sich seinem Untergang stellen, ohne dass der Makel des Verrats an seinem Namen haftet.

"Du musst dich nicht umbringen", sagte ich ihm. "Ich werde dich zum Eingang der Gruben begleiten; aber ich warne dich, sollte ich eine Gelegenheit zur Flucht entdecken, werde ich das tun."

"Das ist nur fair", stellte er fest. "Es ist sehr großzügig von dir. Du hast es mir ermöglicht, ehrenvoll und zufrieden zu sterben."

"Wünschst du wirklich zu sterben?", fragte ich.

"Gewiss nicht", versicherte er mir. "Ich wünsche mir zu leben. Wenn ich lebe, werde ich vielleicht eines Tages meinen Weg nach Gathol finden."

"Warum kommst du dann nicht mit mir?" Erkundigte ich mich. "Gemeinsam können wir vielleicht einen Weg aus den Gruben finden. Mein Flieger liegt nur eine kurze Strecke von der Zitadelle entfernt, und es sind nur etwa viertausend Haads von Horz nach Gathol."

Er schüttelte den Kopf. "Die Versuchung ist groß", stellte er fest, "aber solange ich nicht alle Mittel ausgeschöpft habe und nicht vor morgen Mittag zu Ho Ran Kim zurückgekehrt bin, kann ich nichts anderes tun, als es zu versuchen."

"Warum bis morgen Mittag?", wollte ich wissen.

"Es ist ein sehr altes orovaranisches Gesetz", antwortete er, "das die Dauer eines Todesurteils auf den Mittag des Tages begrenzt, an dem man zum Tode verurteilt wird. Ho Ran Kim hat verfügt, dass wir morgen sterben sollen. Wenn wir das nicht tun, sind wir nicht in der Ehre verpflichtet, zu ihm zurückzukehren."

Wir setzten uns ein wenig niedergeschlagen in Richtung des Tores in Bewegung, durch das wir in unser Verderben gehen sollten. Natürlich hatte ich nicht die Absicht, dies zu tun; aber ich war niedergeschlagen wegen Pan Dan Chee. Ich hatte ihn sehr lieb gewonnen. Er war ein Mann von hoher Ehre und ein mutiger Kämpfer.

Wir gingen weiter und weiter, bis ich zu der Überzeugung gelangte, dass wir, wenn wir dem richtigen Korridor gefolgt wären, schon längst am Eingang hätten ankommen müssen. Das deutete ich Pan Dan Chee an, und er stimmte mir zu; dann verfolgten wir unsere Schritte zurück und versuchten einen anderen Korridor. Wir machten so weiter, bis wir fast erschöpft waren, aber es gelang uns nicht, den richtigen Korridor zu finden.

"Ich fürchte, wir haben uns verlaufen", meinte Pan Dan Chee.

"Da bin ich mir ganz sicher", stimmte ich mit einem Lächeln zu. Wenn wir uns hinreichend verirrt haben sollten, würden wir den Eingang vielleicht nicht vor dem nächsten Mittag finden; in diesem Fall wäre Pan Dan Chee frei zu gehen, wohin er wollte, und ich hatte eine ziemlich gute Vorstellung davon, wohin er gehen wollte.

Ich bin kein Heiratsvermittler und ich glaube auch nicht daran, dass ich das Zusammentreffen eines Mannes und eines Mädchens verhindern kann. Ich glaube daran, der Natur ihren Lauf zu lassen. Wenn Pan Dan Chee dachte, er sei in Llana von Gathol verliebt und wollte nach Gathol gehen und versuchen, sie zu gewinnen, hätte ich ihn nur dann davon abgehalten, wenn er ein Mann von niederer Herkunft oder von unehrenhafter Natur gewesen wäre. Er war weder das eine noch das andere. Die Spezies, der er angehörte, ist die älteste der kultivierten Rassen Barsooms, und Pan Dan Chee hatte sich als Mann der Ehre erwiesen.

Ich hatte keinen Grund zu glauben, dass seine Bewerbung von Erfolg gekrönt sein würde. Llana von Gathol war noch sehr jung, aber dennoch waren ihr die Schwerter einiger der größten Häuser Barsooms zu Füßen gelegt worden. Wie fast alle Marsianerinnen von hohem Rang verfügte sie über einen festen Willen. Wie so viele von ihnen könnte sie von einem ungestümen Freier entführt werden; und sie würde ihn entweder lieben oder ihm einen Dolch zwischen die Rippen schieben, aber sie würde sich niemals mit einem Mann paaren, den sie nicht liebte. Ich hatte mehr Angst um Pan Dan Chee als um Llana von Gathol.

Wir verfolgten unsere Schritte zurück und versuchten einen weiteren Korridor, doch es gab immer noch keinen Eingang. Wir legten uns hin und ruhten uns aus; dann versuchten wir es erneut. Das Ergebnis war das gleiche.

"Es muss schon fast Morgen sein", stellte Pan Dan Chee fest.

"Ist es", sagte ich und schaute auf meinen Chronometer. "Es ist fast Mittag."

Natürlich benutzte ich nicht den Begriff Mittag, sondern das Barsoomianische Äquivalent, 25 xats nach der 3. Zode, was 12 Uhr Erdzeit ist.

"Wir müssen uns beeilen!", rief Pan Dan Chee.

Ein hohles Lachen ertönte hinter uns; und als wir uns schnell umdrehten, sahen wir ein Licht in der Ferne. Es verschwand sofort.

"Warum sollten wir uns beeilen?", wollte ich wissen. "Wir haben das Beste getan, was wir konnten. Dass wir den Weg zurück zur Zitadelle und den Tod nicht gefunden haben, ist nicht unsere Schuld."

Pan Dan Chee nickte. "Und wie sehr wir uns auch beeilen mögen, die Wahrscheinlichkeit ist gering, dass wir den Eingang jemals finden werden."

Natürlich war dies Wunschdenken, aber es war auch ziemlich genaues Denken. Wir haben den Eingang zur Zitadelle tatsächlich nicht gefunden.

"Das ist das zweite Mal, dass wir dieses Lachen gehört und dieses Licht gesehen haben", bemerkte Pan Dan Chee. "Ich denke, wir sollten es untersuchen. Vielleicht kann uns derjenige, der das Licht macht und das Lachen anstimmt, den Weg zum Eingang weisen."

"Ich habe nichts dagegen, nachzuforschen", sagte ich, "aber ich bezweifle, dass wir einen Freund finden werden, wenn wir den Urheber finden."

"Es ist höchst rätselhaft", meinte Pan Dan Chee. "Mein ganzes Leben lang habe ich, wie alle anderen Bewohner von Horz, geglaubt, dass die Gruben von Horz verlassen sind. Vor langer Zeit, vielleicht seit Ewigkeiten, betraten einige verwegene Männer die Gruben, um sie zu erforschen. Diese Einbrüche fanden in Abständen statt, und keiner von denen, die die Gruben betraten, kehrte jemals zurück. Es wurde angenommen, dass sie sich verirrt hatten und verhungert waren. Vielleicht haben auch sie das Lachen gehört und die Lichter gesehen!"

"Vielleicht", bestätigte ich.

KAPITEL VIII

Pan Dan Chee und ich verloren jegliches Zeitgefühl, so lange waren wir in den Gruben von Horz ohne Nahrung und Wasser. Es können nicht mehr als zwei Tage gewesen sein, denn wir hatten noch Kraft; und mehr als zwei Tage ohne Wasser zehren an den Kräften der besten Männer. Zweimal noch sahen wir das Licht und hörten das Lachen. Dieses Lachen! Ich kann es immer noch hören. Ich versuchte zu denken, dass es menschlich war. Ich wollte nicht verrückt werden.

Pan Dan Chee sagte: "Lasst es uns finden und sein Blut trinken!"

"Nein, Pan Dan Chee", riet ich. "Wir sind Menschen, keine Tiere."

"Du hast recht", erwiderte er. "Ich habe die Kontrolle verloren."

"Lass uns unseren Kopf benutzen", schlug ich vor. "Der Kerl weiß immer, wo wir sind, weil er immer das Licht unserer Fackel sehen kann. Nehmen wir an, wir löschen sie und schleichen leise vorwärts. Wenn er neugierig ist, wird er nachforschen. Wir werden aufmerksam lauschen und seine Schritte hören." Ich hatte mir alles schön ausgedacht, und Pan Dan Chee stimmte zu, dass es ein perfekter Plan sei. Ich glaube, er hatte immer noch das Trinken des Blutes der Kreatur im Sinn, wenn wir sie finden sollten. Ich näherte mich einem Punkt, an dem ich selbst einen Schluck hätte nehmen können. Oh Gott! Wenn du noch nie unter Hunger und Durst gelitten hast, dann urteile nicht zu hart über andere.

Wir löschten die Fackel. Jeder von uns besaß eine, aber es machte keinen Sinn, beide brennen zu lassen. Das Licht der einen hätte zu einer Helligkeit gesteigert werden können, dass man geblendet worden wäre. Wir schlichen leise vorwärts in die Richtung, in der wir das Licht zuletzt gesehen hatten. Unsere Schwerter wurden gezückt. Schon dreimal waren wir von den riesigen Ulsios dieser uralten Gruben von Horz angegriffen worden, aber bei diesen Gelegenheiten hatten wir den Vorteil des Lichts unserer Fackel gehabt. Ich konnte nicht umhin, mich zu fragen, wie wir herauskommen würden, wenn uns jetzt einer angreifen würde.

Die Dunkelheit umgab uns vollkommen, und es erklang kein Laut. Wir klammerten uns an unsere Waffen, damit sie nicht gegen unser Metall klirren würden. Wir hoben unsere beschuhten Füße hoch und setzten sie sanft auf den Steinboden. Es gab kein Scharren. Es gab kein Geräusch. Wir atmeten kaum.

Plötzlich erschien ein Licht vor uns. Wir hielten inne, warteten, lauschten. Ich sah eine Gestalt. Vielleicht war es ein Mensch, vielleicht auch nicht. Ich berührte Pan Dan Chee leicht am Arm und ging vorwärts. Er kam mit mir. Wir machten kein Geräusch - absolut kein Geräusch. Ich glaube, dass wir beide den Atem anhielten.

Das Licht wurde heller. Jetzt konnte ich einen Kopf und eine Schulter sehen, die aus einer Türöffnung an der Seite des Korridors herausragten. Das DING hatte zumindest die Umrisse eines Menschen. Ich konnte mir vorstellen, dass es über unser plötzliches Verschwinden besorgt war. Es fragte sich, was aus uns geworden sein könnte. Es zog sich in die Türöffnung zurück, wo es gestanden hatte, aber das Licht blieb bestehen. Wir konnten es aus dem Inneren der Zelle oder des Raumes leuchten sehen, in den sich das DING zurückgezogen hatte.

Wir schlichen näher heran. Hier könnte die Antwort auf unsere Suche nach Wasser und Nahrung liegen. Wenn das DING ein Mensch war, würde es beides brauchen; und wenn es beides hatte, sollten wir es auch erhalten.

Lautlos näherten wir uns der Tür, aus der das Licht in den Korridor strahlte. Unsere Schwerter hatten wir gezückt. Ich ging in Führung. Ich spürte, dass das DING verschwinden würde, wenn es eine Warnung über unsere Annäherung bekäme. Das durfte nicht passieren. Wir mussten ES sehen. Wir mussten IHN ergreifen und IHN zwingen, uns Wasser zu geben - Nahrung und Wasser!

Ich erreichte die Tür, und als ich in die Öffnung trat, konnte ich einen kurzen Blick auf eine seltsame Gestalt erhaschen; dann wurde alles in Dunkelheit getaucht und ein hohles Lachen hallte durch die stygische Schwärze der Gruben von Horz.

In meiner rechten Hand hielt ich das Langschwert jenes längst toten Orovaran, dem ich es entrissen hatte. In meiner linken Hand hielt ich die erstaunliche Fackel der Horzans. Als das Licht in der Kammer erloschen war, drückte ich den Daumenknopf meiner Fackel nach oben; und die Wohnstätte vor mir wurde vom Licht durchflutet.

Ich sah eine große Kammer, gefüllt mit vielen Truhen. Es gab eine einfache Couch, eine Bank, einen Tisch, mit Büchern gefüllte

Regale, einen alten marsianischen Herd, ein Wasserreservoir und die seltsamste Gestalt eines Mannes, auf der meine Augen je geruht hatten.

Ich stürzte mich auf ihn und hielt mein Schwert gegen sein Herz, denn ich wollte nicht, dass er entkommt. Er kauerte und schrie, flehte um sein Leben.

"Wir wollen Wasser", rief ich, "Wasser und Nahrung. Gib uns das und tu uns nichts Böses, und du wirst in Sicherheit sein."

"Bedient euch", antwortete er. "Hier gibt es Wasser und Nahrung, aber sagt mir, wer ihr seid und wie ihr hierher in die Gruben des alten Horz gekommen seid, toter Horz - tot seit unzähligen Zeitaltern. Ich habe seit Ewigkeiten darauf gewartet, dass jemand kommt, und nun bist du gekommen. Du bist willkommen. Wir werden gute Freunde sein. Du wirst für immer hier bei mir bleiben, wie all die unzähligen anderen auch. Ich werde Gesellschaft haben in den einsamen Gruben von Horz." Dann lachte er wie ein Wahnsinniger.

Es wurde offenbar, dass die Kreatur ziemlich verrückt zu sein schien. Er sah nicht nur so aus, er handelte auch so. Manchmal bestand seine Rede aus unartikuliertem Kauderwelsch; oft wurde sie von sinnlosem und unangebrachtem Lachen unterbrochen - dem hohlen Lachen, das wir zuvor gehört hatten.

Seine Erscheinung wirkte äußerst abstoßend. Außer dem Harnisch, in dem ein Schwert und ein Dolch steckten, war er nackt, und die Haut seines missgestalteten Körpers wirkte grässlich weiß - wie die Farbe einer Leiche. Sein schlaffer Mund hing offen und enthüllte ein paar gelbe, gezackte Reißzähne. Er hatte große, runde Augen, deren Weiße ganz um die Iris kreiste. Es gab keine Nase; sie schien von einer Krankheit zerfressen worden zu sein.

Ich behielt ihn ständig im Auge, während Pan Dan Chee trank; dann beobachtete er ihn, während ich meinen Durst löschte, und die ganze Zeit über unterhielt sich die Kreatur mit sinnlosem Geschwätz. Er nahm ein Wort wie z.B. Calot und wiederholte es immer wieder, als ob er ein Gespräch führen würde.

Man konnte einen Fragesatz an seinem Tonfall erkennen, ebenso wie den Aussagesatz, den Imperativ und den Ausrufer. Die ganze Zeit über gestikulierte er wie ein Redner am vierten Juli.

Endlich erklärte er: "Du scheinst sehr dumm zu sein, aber irgendwann wirst du es verstehen. Und nun zum Essen: Du magst deinen Ulsio lieber roh, nehme ich an; oder soll ich ihn kochen?"

"Ulsio!", rief Pan Dan Chee aus. "Du willst doch nicht etwa sagen, dass du Ulsio isst!"

"Eine große Delikatesse", versicherte die Kreatur.

"Hast du sonst nichts?", fragte Pan Dan Chee.

"Es ist noch ein wenig von Ro Tan Bim übrig", erzählte das DING, "aber der ist selbst für einen Genießer wie mich ein bisschen zu dick geraten."

Pan Dan Chee sah mich an. "Ich habe keinen Hunger", wehrte ich ab, "Komm! Lass uns versuchen, von hier zu verschwinden." Ich wandte mich an den alten Mann. "Welcher Korridor führt hinaus in die Stadt?" fragte ich.

"Du musst dich ausruhen", antwortete er; "dann werde ich es dir zeigen. Lege dich auf die Couch und ruhe dich aus."

Ich hatte schon immer gehört, dass es am besten ist, die Verrückten bei Laune zu halten; und da ich diese Kreatur um einen Gefallen bat, schien es das Klügste zu sein, was ich tun konnte. Außerdem waren sowohl Pan Dan Chee als auch ich sehr müde; so legten wir uns auf die Couch und der alte Mann zog eine Bank heran und setzte sich neben uns. Er begann mit tiefer, beruhigender Stimme zu sprechen.

"Ihr seid sehr müde", wiederholte er monoton, wobei seine großen Augen erst auf den einen und dann auf den anderen von uns gerichtet waren. Ich spürte, wie sich meine Muskeln entspannten. Ich sah, wie Pan Dan Chees Lider hingen. "Bald wirst du einschlafen", flüsterte der alte Mann aus den Gruben. "Du wirst schlafen und schlafen und schlafen, vielleicht für Ewigkeiten, so wie diese anderen auch. Du wirst erst erwachen, wenn ich es dir sage oder wenn ich sterbe - und ich werde niemals sterben. Du hast Hor Kai Lan seines Harnischs und seiner Waffen beraubt." Er schaute mich an, während er sprach. "Hor Kai Lan wäre sehr wütend, wenn er erwachen würde und feststellen müsste, dass du seine Waffen gestohlen hast, aber Hor Kai Lan wird nicht erwachen. Er hat so viele Zeitalter geschlafen, dass selbst ich es vergessen habe. Es steht in meinem Buch, aber was für einen Unterschied macht das? Welchen Unterschied macht es, wer den Harnisch von Hor Kai Lan trägt? Niemand wird jemals wieder seine Schwerter benutzen; und wenn Ro Tan Bim weg ist, werde ich vielleicht Hor Kai Lan noch brauchen. Vielleicht werde ich dich einsetzen. Wer weiß?"

Seine Stimme klang wie ein verträumtes Wiegenlied. Ich spürte, wie ich in einen angenehmen Schlummer sank. Ich warf einen Blick auf Pan Dan Chee. Er schlief fest. Und dann erreichte die Bedeutung der Worte des Dings meinen denkenden Verstand. Durch die Hypnose würden wir zu einem lebendigen Tod verurteilt werden! Ich versuchte, die Lethargie aus mir zu schütteln. Ich setzte das ein, was mir von meiner Willenskraft übrig blieb. Schon immer war mein Wille stärker als der eines jeden Marsianers, gegen dessen Willen ich antrat.

Der Schrecken der Situation verlieh mir Kraft: der Gedanke, hier für unzählige Zeitalter zu liegen und den Staub der Gruben von Horz zu sammeln, oder von diesem zähnefletschenden Wahnsinnigen gefressen zu werden! Ich steckte jedes Gramm meiner Willenskraft in eine letzte, gewaltige Anstrengung, um die Fesseln zu brechen, die mich hielten. Es kostete mich sogar noch mehr Überwindung als eine körperliche Anstrengung. Ich brach in heftige Schweißausbrüche aus. Ich spürte, wie ich von Kopf bis Fuß zitterte. Würde ich Erfolg haben?

Der alte Mann erkannte offensichtlich den Kampf, den ich um meine Freiheit führte, denn er verdoppelte seine Bemühungen, mich zu halten. Seine Stimme und seine Augen legten sich mit fast physischer Kraft um mich. Das DING schwitzte jetzt, so sehr bemühte es sich, meinen Geist zu fesseln. Würde es Erfolg haben?

KAPITEL IX

Ich war am Gewinnen! Ich wusste, dass ich gewinnen würde! Und das DING muss es auch gewusst haben, denn ich sah, wie es seinen Dolch aus der Scheide an seiner Seite zog. Wenn es mich nicht im Anschein des Todes halten konnte, würde es mich tatsächlich in den Tod führen. Ich versuchte, mich aus den letzten schwächer werdenden Tentakeln der bösartigen mentalen Kräfte des Dings zu befreien, bevor es den tödlichen Schlag ausführen konnte, der den Tod für mich und das Äquivalent des Todes für Pan Dan Chee bedeuten würde.

Die Dolchhand erhob sich über mich. Diese abscheulichen Augen blickten auf mich herab, erhellt von den höllischen Feuern des Wahnsinns; und dann, in diesem letzten Augenblick, gewann ich! Ich hatte mich befreit. Ich schlug die Dolchhand von mir und sprang auf die Füße, das gute Langschwert von Hor Kai Lan bereits in meiner Hand.

Das DING kauerte und schrie. Es schrie um Hilfe, wo es keine Hilfe gab, und dann zog es sein Schwert. Ich wollte die hohe Schule meiner Schwertkunst nicht beschmutzen, indem ich mit einem solchen Wesen die Klingen kreuzte. Ich erinnerte mich an seine Prahlerei, dass Pan Dan Chee und ich schlafen würden, bis er uns weckte oder er starb. Das allein war genug, um zu bestimmen, dass ich kein Duellant sein würde, sondern ein Henker und ein Befreier.

Ich schlug ein einziges Mal zu, und der faulige Kopf rollte auf den Steinboden der Gruben von Horz. Ich blickte zu Pan Dan Chee. Er wurde wach. Er wälzte sich und streckte sich, dann setzte er sich auf und sah mich fragend an. Sein Blick wanderte zu dem Torso und dem Kopf, die auf dem Boden lagen.

"Was ist passiert?", fragte er.

Bevor ich antworten konnte, wurde ich von einer Salve von Geräuschen unterbrochen, die aus der Kammer, in der wir uns befanden, und aus anderen Kammern in den Gruben von Horz kamen.

Wir blickten schnell um uns. Die Deckel von unzähligen Kisten öffneten sich und Schreie ertönten aus anderen, deren Deckel von den darüber liegenden Kisten festgehalten wurden. Bewaffnete Männer tauchten auf - Krieger in prächtigem Harnisch. Frauen, die sich die Augen rieben und sich verwirrt umsahen.

Aus dem Korridor strömten andere auf die Kammer zu, geleitet von unserem Licht.

"Was hat das zu bedeuten?", fragte ein großer Mann, prächtig gekleidet. "Wer hat mich hierher gebracht? Wer seid ihr?" Er schaute sich um, sichtlich verwirrt, als suche er nach einem bekannten Gesicht.

"Vielleicht kann ich dich aufklären?", antwortete ich. "Wir sind in den Gruben von Horz. Ich bin erst seit ein paar Stunden hier, aber wenn dieses tote Ding auf dem Boden die Wahrheit sprach, müssen einige von euch schon seit Ewigkeiten hier liegen. Ihr wurdet von der hypnotischen Macht dieser verrückten Kreatur gefangen gehalten. Sein Tod hat euch befreit."

Der Mann blickte auf den glotzenden Kopf am Boden hinunter. "Lum Tar O!", rief er aus. "Er hat nach mir geschickt - hat mich gebeten, ihn in einer wichtigen Angelegenheit zu besuchen. Und du hast ihn umgebracht. Du musst mir Rechenschaft ablegen - morgen. Jetzt muss ich zu meinen Gästen zurückkehren."

Eine Staubschicht lag auf dem Gesicht und dem Körper des Mannes. Daran erkannte ich, dass er schon lange hier gewesen sein musste, und augenblicklich wurde meine Vermutung auf höchst dramatische Weise untermauert.

Die erwachten Männer und Frauen drängten sich aus den Kisten, in denen sie aufbewahrt worden waren. Einige derjenigen, die sich in den unteren Reihen befanden, hatten Schwierigkeiten, die über ihnen aufgestapelten Kisten loszuwerden. Es gab ein großes Geklapper und Getümmel, als leere Truhen auf den Boden fielen. Es gab ein wildes Durcheinander von Gesprächen. Es herrschte Fassungslosigkeit und Verwirrung.

Ein verstaubter Edelmann kroch aus einer der Truhen. Sofort erkannten er und der große Mann, der gerade gesprochen hatte, einander. "Was ist los mit euch?", fragte letzterer. "Ihr seid ja ganz mit Staub bedeckt. Warum bist du heruntergekommen? Kommt! Ich muss zurück zu meinen Gästen."

Der andere schüttelte sichtlich fassungslos den Kopf. "Deine Gäste, Kam Han Tor!", rief er aus. "Hast du erwartet, dass deine Gäste zwanzig Jahre auf deine Rückkehr warten?"

"Zwanzig Jahre! Wie meinst du das?"

"Ich war vor zwanzig Jahren dein Gast. Du bist mitten im Bankett gegangen und nie zurückgekehrt."

"Zwanzig Jahre? Du bist verrückt!", rief Kam Han Tor aus. Er sah mich an und dann auf den grinsenden Kopf auf dem Boden, und er begann schwach zu werden. Ich konnte es sehen.

Der andere Mann befühlte sein eigenes Gesicht und betrachtete den Staub, den er davon abwischte. "Auch du bist mit Staub bedeckt", sprach er zu Kam Han Tor.

Kam Han Tor schaute an seinem Körper und seinem Gurt herunter; dann wischte er sich das Gesicht ab und schaute auf seine Finger. "Zwanzig Jahre!", rief er aus, und dann sah er auf den Kopf von Lum Tar O hinunter. "Du abscheuliches Tier!", rief er aus. "Ich war dein Freund, und du hast mir das angetan!" Dann drehte er sich zu mir um. "Vergiss, was ich gesagt habe. Ich habe es nicht verstanden. Wer auch immer du sein magst, erlaube mir, dir zu versichern, dass mein Schwert immer in deinen Diensten steht."

Ich verneigte mich anerkennend.

"Zwanzig Jahre!", wiederholte Kam Han Tor, als könne er es immer noch nicht fassen. "Mein großes Flugschiff! Es sollte am Tag nach meinem Festmahl aus dem Hafen von Horz segeln - das größte Flugschiff, das je gebaut worden war. Jetzt ist es alt, vielleicht veraltet; und ich habe es nie gesehen. Sag mir - ist es gut gesegelt? Ist es immer noch ein stolzes Flugschiff?"

"Ich habe es gesehen, als es auf Throxeus hinaussegelte", sagte der andere. "Es war in der Tat ein stolzes Flugschiff, aber es kehrte nie von dieser ersten Reise zurück; noch hat man je ein Wort von ihm gehört. Es muss mit allen Leuten verloren gegangen sein."

Kam Han Tor schüttelte traurig den Kopf, dann richtete er sich auf und straffte die Schultern. "Ich werde ein anderes bauen", versprach er, "ein noch größeres Flugschiff, um das mächtigste der fünf Meere von Barsoom zu befahren."

Jetzt begann ich zu verstehen, was ich zwar vermutet hatte, aber nicht glauben konnte. Es war absolut verblüffend. Ich sah Männer vor mir und unterhielt mich mit ihnen, die vor Hunderttausenden von Jahren gelebt hatten, als Throxeus und die anderen vier Ozeane des alten Mars noch das bedeckten, was heute die weiten Wüstenflächen des toten Meeresbodens sind; als eine große Handelsflotte den Handel der hellhäutigen, blonden Spezies betrieb, die angeblich seit unzähligen Zeitaltern ausgestorben war.

Ich trat näher an Kam Han Tor heran und legte ihm eine Hand auf die Schulter. Die Männer und Frauen, die von Lum Tar O's bösartigem Bann befreit worden waren, hatten sich um uns versammelt und hörten zu. "Es tut mir leid, dich zu desillusionieren, Kam Han Tor", sagte ich; "aber du wirst kein Schiff bauen, und es wird auch kein Flugschiff jemals wieder Throxeus befahren."

"Wie meinst du das?", fragte er. "Wer soll Kam Han Tor, den Bruder des Jeddak, daran hindern, Flugschiffe zu bauen und auf Throxeus zu fahren?"

"Es gibt keinen Throxeus, mein Freund", sagte ich.

"Kein Throxeus? Du bist verrückt!"

"Ihr seid seit unzähligen Zeitaltern hier in den Gruben von Horz", erklärte ich, "und während dieser Zeit sind die fünf großen Ozeane von Barsoom ausgetrocknet. Es gibt keine Ozeane. Es gibt keinen Handel. Die Spezies, der du angehörtest, ist ausgestorben."

"Mann, du bist verrückt!", rief er.

"Weißt du, wie man aus diesen Gruben herauskommt?" Ich fragte -"raus in die eigentliche Stadt- nicht hinauf durch die-" Ich wollte Zitadelle sagen, aber ich erinnerte mich daran, dass es keine Zitadelle gegeben hatte, als diese Leute in die Gruben gelockt worden waren.

"Du meinst, nicht hinauf durch meinen Palast?", fragte Kam Han Tor.

"Ja", sagte ich, "nicht hinauf durch deinen Palast, sondern hinaus in Richtung der Kais; dann kann ich dir zeigen, dass es keinen Throxeus mehr gibt."

"Gewiss kenne ich den Weg", sagte er. "Wurden diese Gänge doch nach meinen Plänen gebaut!"

"Dann komm", schlug ich vor.

Ein Mann stand und schaute auf den Kopf von Lum Tar O herab. "Wenn es stimmt, was dieser Mann sagt", meinte er zu Kam Han Tor, "muss Lum Tar O vor vielen Jahren gelebt haben. Wie hätte er dann all diese Zeitalter überleben können? Wie haben wir überlebt?"

"Ihr habt in einem Zustand des Scheintods existiert", erklärte ich; "aber was Lum Tar O betrifft - das ist ein Rätsel."

"Vielleicht doch kein so großes Rätsel", erwiderte der Mann. "Ich kannte Lum Tar O gut. Er war ein Schwächling und ein Feigling mit den psychologischen Reaktionen des Schwächlings und des Feiglings. Er hasste alle, die mutig und stark waren, und diesen wollte er schaden. Sein einziger Freund war Lee Um Lo, der berühmteste Einbalsamierer, den die Welt je gekannt hatte; und als Lum Tar O starb, balsamierte Lee Um Lo seinen Körper ein. Offensichtlich leistete er so großartige Arbeit, dass Lum Tar O's Leichnam nie bemerkte, dass Lum Tar O tot war, und weiter funktionierte wie im Leben. Das würde die große Zeitspanne von Jahren erklären, in der das Ding existiert hat - kein menschliches Wesen; überhaupt kein lebendes Wesen; nur ein Leichnam, dessen bösartiges Gehirn noch funktionierte."

Als der Mann zu Ende gesprochen hatte, gab es einen Tumult am Eingang der Kammer. Ein großer Mann, fast nackt, stürmte herein. Er war sehr wütend. "Was hat das zu bedeuten?", fragte er. "Was mache ich hier? Was macht ihr alle hier? Wer hat mein Gurtzeug und meine Waffen gestohlen?"

In diesem Moment erkannte ich ihn - Hor Kai Lan, dessen Metall ich trug. Er war sehr aufgeregt, und ich konnte es ihm nicht verübeln. Er drängte sich durch die Menge, und in dem Moment, als er mich erblickte, erkannte er sein Hab und Gut.

"Dieb!", rief er. "Gib mir meinen Gurt und meine Waffen zurück!"

"Es tut mir leid", sagte ich, "aber wenn du mir keine anderen zur Verfügung stellst, werde ich diese behalten müssen."

"Calot!", schrie er förmlich. "Ist dir klar, mit wem du hier sprichst? Ich bin Hor Kai Lan, der Bruder des Jeddak."

Kam Han Tor schaute ihn erstaunt an. "Du bist seit über fünfhundert Jahren tot, Hor Kai Lan", rief er aus, "und dein Bruder auch. Mein Bruder hat die Nachfolge des letzten Jeddak im Jahr 27M382J4 angetreten."

"Ihr seid alle schon seit Ewigkeiten tot", erklärte Pan Dan Chee. "Selbst dieser Kalender gehört der toten Vergangenheit an."

Ich dachte, Hor Kai Lan würde in diesem Moment eine Ader platzen. "Wer bist du?", schrie er. "Ich stelle euch unter Arrest. Ich stelle euch alle unter Arrest. Die Wache!"

Kam Han Tor versuchte ihn zu beschwichtigen und schaffte es zumindest, ihn dazu zu bewegen, uns zu den Kais zu begleiten, um die Frage nach der Existenz von Throxeus zu klären, was die unglücklichen Wahrheiten, die ich ihnen hatte erklären müssen, definitiv beweisen oder widerlegen würde.

Als wir uns auf den Weg machten, angeführt von Kam Han Tor, bemerkte ich, wie sich der Deckel einer Truhe leicht bewegte. Er wurde nach und nach angehoben und ich konnte zwei Augen sehen, die durch den Spalt, der durch das Anheben des Deckels entstanden war, herausschauten; dann rief plötzlich eine Mädchenstimme: "John Carter, Prinz von Helium! Möge mein erster Vorfahre gesegnet sein!"

KAPITEL X

Hätte sich mein erster Vorfahre plötzlich vor meinen Augen materialisiert, hätte ich nicht überraschter sein können, als ich meinen Namen aus dem Inneren einer jener Truhen in den Grüften von Horz hörte.

Als ich anfing, sie zu untersuchen, wurde der Deckel der Truhe beiseite geworfen und ein Mädchen trat vor mir heraus. Das war viel überraschender, als es meine erste Vorfahrin gewesen wäre, denn das Mädchen war Llana von Gathol!

"Llana!" rief ich; "was machst du denn hier?"

"Ich könnte dir dieselbe Frage stellen, mein verehrter Vorfahre", schoss sie zurück, mit jenem Mangel an Respekt vor meinem hohen Alter, der diejenigen, die mir in Banden des Blutes und der Zuneigung am nächsten stehen, schon immer ausgezeichnet hat.

Pan Dan Chee trat mit offenem Mund und glotzenden Augen vor. "Llana von Gathol!", flüsterte er, als würde man den Namen einer Göttin aussprechen. Der Raum voller Anachronismen schaute mehr oder weniger apathisch zu.

"Wer ist diese Person?", fragte Llana von Gathol.

"Mein Freund, Pan Dan Chee von Horz", erklärte ich.

Pan Dan Chee schnallte sein Schwert ab und legte es ihr zu Füßen, eine Handlung, die nach irdischen Verhaltensmaßstäben eher schwer zu erklären ist. Es ist nicht gerade ein Liebesgeständnis oder ein Heiratsantrag. Es ist in gewisser Weise etwas weitaus Heiligeres. Es bedeutet, dass das Schwert, solange das Leben andauert, demjenigen zu Diensten ist, zu dessen Füßen es gelegt wurde. Ein Krieger kann sein Schwert zu den Füßen eines Mannes oder einer Frau legen. Es bedeutet lebenslange Loyalität. Wenn das Objekt dieser Loyalität eine Frau ist, hat der Mann vielleicht etwas anderes im Sinn. Ich bin sicher, dass Pan Dan Chee das hatte.

"Dein Freund handelt mit erstaunlicher Schnelligkeit", bemerkte Llana von Gathol; aber sie bückte sich und hob das Schwert auf und reichte es Pan Dan Chee mit dem Griff voran zurück! was bedeutete, dass sie zufrieden war und sein Angebot der Loyalität annahm. Hätte sie es einfach abgelehnt, hätte sie das Schwert dort liegen lassen, wo es lag. Hätte sie sein Angebot verschmähen wollen, hätte sie ihm sein Schwert mit der Spitze zuerst zurückgegeben. Das wäre die ultimative und tödliche Beleidigung gewesen. Ich war froh, dass Llana von Gathol Pan Dan Chees Schwertgriff zuerst zurückgegeben hatte, denn ich mochte Pan Dan Chee sehr. Ich war besonders froh, dass sie die Spitze nicht als Erstes zurückgegeben hatte; denn das hätte bedeutet, dass ich, als der nächste verfügbare männliche Verwandte von Llana von Gathol, gegen Pan Dan Chee hätte kämpfen müssen; und ich wollte ihn sicherlich nicht töten.

"Nun", unterbrach Kam Han Tor, "das ist alles sehr interessant und rührend; aber können wir es nicht verschieben, bis wir zu den Kais hinuntergegangen sind."

Pan Dan Chee zügelte sich und legte eine Hand auf den Griff seines Schwertes. Ich kam jeder unangemessenen Handlung seinerseits zuvor, indem ich vorschlug, dass Kam Han Tor völlig Recht hatte und dass unsere privaten Angelegenheiten warten könnten, bis die Angelegenheit des Ozeans, die für all diese anderen Leute so wichtig war, geklärt ist. Pan Dan Chee stimmte zu; so machten wir uns wieder auf den Weg zum Kai des alten Horz.

Llana von Gathol ging an meiner Seite. "Jetzt kannst du mir erzählen", fragte ich, "wie du in die Gruben von Horz gekommen bist."

"Es ist viele Jahre her", begann sie, "seit du im Königreich Okar im eisigen Norden gewesen bist. Talu, der Rebellenprinz, den du auf den Thron von Okar gesetzt hast, besuchte Helium einmal unmittelbar danach. Seitdem hat es, soweit ich überhaupt gehört habe, keinen Verkehr mehr zwischen Okar und dem Rest von Barsoom gegeben."

"Was hat das alles mit deinem Aufenthalt in den Gruben von Horz zu tun?" wollte ich wissen.

"Warte!", mahnte sie. "Ich komme darauf zu sprechen. Es ist allgemein bekannt, dass die Region um den Nordpol nur spärlich und nur von einer Spezies schwarzbärtiger gelber Menschen bewohnt ist."

"Korrekt", bestätigte ich.

"Nicht korrekt", widersprach sie. "Es gibt ein Volk von roten Menschen, die ein beträchtliches Gebiet besiedeln, aber in einiger Entfernung von Okar. Ich habe den Eindruck, als du dort warst, hatten die Okarer selbst noch nie etwas von diesem Volk gehört.

"Vor kurzem kam an den Hof meines Vaters, Gahan von Gathol, ein seltsamer roter Mann. Er war uns ähnlich und doch unähnlich. Er kam in einem uralten Flugschiff, eines, von dem mein Vater sagte, es müsse mehrere hundert Jahre alt sein - veraltet in jeder Hinsicht. An Bord befanden sich hundert Krieger, deren Harnisch und Metall uns völlig fremd vorkamen. Sie sahen wild und kriegerisch aus, aber sie kamen in Frieden und wurden in Frieden empfangen.

"Ihr Anführer mit dem Namen Hin Abtol erwies sich als ein aufgeblasener Angeber. Als Gast wurde ihm jedoch jede Höflichkeit zuteil. Er erzählte, dass er Jeddak der Jeddaks des Nordens sei. Mein Vater antwortete, er habe gedacht, dass Talu diesen Titel trage.

"Das tat er", antwortete Hin Abtol, "bis ich sein Land eroberte und ihn zu meinem Vasallen machte. Jetzt bin ich Jeddak der Jeddaks des Nordens. Mein Land ist kalt und trostlos außerhalb unserer gläsernen Städte. Ich möchte nach Süden ziehen und nach anderen Ländern Ausschau halten, in denen sich mein Volk niederlassen und vermehren kann.'

"Mein Vater erklärte ihm, dass alle Ackerländer besiedelt seien und anderen Völkern gehörten, die sie seit Jahrhunderten innehatten.

"Hin Abtol zuckte nur hochmütig mit den Schultern. 'Wenn ich finde, was ich will', erwiderte er, 'werde ich dessen Volk erobern. Ich,

Hin Abtol, nehme mir von den niederen Völkern Barsooms, was ich will. Nach dem, was ich gehört habe, sind sie alle schwach und kraftlos; nicht so zäh und kriegerisch wie wir Panar. Wir züchten kämpferische Männer, außerdem haben wir unzählige Söldner. Ich könnte ganz Barsoom erobern, wenn ich wollte.'

"Natürlich widerte diese Art von Gerede meinen Vater an, aber er behielt seine Fassung, denn Hin Abtol kam als Gast. Ich vermute, dass Hin Abtol dachte, dass mein Vater ihn fürchtete, da seine Art oft glaubt, dass Höflichkeit ein Zeichen von Schwäche ist. Ich weiß, dass er einmal zu meinem Vater sagte: "Du kannst dich glücklich schätzen, dass Hin Abtol dein Freund ist. Andere Völker mögen vor meinen Armeen fallen, aber du sollst deinen Thron behalten dürfen. Vielleicht werde ich einen kleinen Tribut von dir verlangen, aber du wirst sicher sein. Hin Abtol wird dich beschützen.'

"Ich weiß nicht, wie mein Vater sein Temperament beherrschte. Ich geriet in Wut. Ein Dutzend Mal beschimpfte ich den Kerl, aber er war ein zu egoistischer Flegel, um zu merken, dass er beleidigt wurde; dann kam der letzte Strohhalm. Er erzählte Gahan von Gathol, dass er beschlossen hatte, ihn zu ehren, indem er mich, Llana von Gathol, zu seiner Frau nehmen würde. Er hatte bereits damit geprahlt, dass er sieben hatte!

"'Das', sagte mein Vater, 'ist eine Angelegenheit, die ich nicht mit dir besprechen kann. Die Tochter von Gahan von Gathol wird sich ihren Gefährten selbst aussuchen.'

"' Hin Abtol lachte. 'Hin Abtol', erklärte er, 'wählt seine Frauen aus - sie haben da nichts zu sagen.'

"Nun, ich hatte so ziemlich alles von dem Kerl ertragen, was ich konnte; und so beschloss ich, nach Helium zu gehen und dich und Dejah Thoris zu besuchen. Mein Vater entschied, dass ich in einem kleinen Flieger reisen sollte, der mit fünfundzwanzig seiner vertrauenswürdigsten Männer bemannt werden sollte, alles Mitglieder meiner persönlichen Garde.

"Als Hin Abtol hörte, dass ich abreisen wollte, sagte er, dass er auch abreisen müsse - dass er in sein Land zurückkehren würde, aber dass er für mich zurückkommen würde. 'Und dabei hoffe er, dass es keinen Ärger mit mir gäbe', sagte er, 'denn es wäre zu schade für Gathol, wenn der Panar Hin Abtol, den Jeddak der Jeddaks des Nordens, zum Feind hätte.'

"Er verabschiedete sich am Tag, bevor ich aufbrach, und ich änderte meine Pläne nicht wegen seines Gehens. In der Tat hatte ich diesen Besuch schon seit einiger Zeit geplant.

"Mein Flugschiff hatte auf der Reise nach Helium kaum hundert Haads zurückgelegt, als wir vor uns ein Flugschiff aus dem Rand eines Sorapuswaldes aufsteigen sahen. Es kam langsam auf uns zu, und sofort erkannte ich seine altertümlichen Linien. Es handelte sich um das Flugschiff von Hin Abtol dem Panar, dem sogenannten Jeddak der Jeddaks des Nordens.

"Als wir nahe genug waren, rief es uns, und sein Kapitän erzählte uns, dass etwas mit ihrem Kompass schief gelaufen sei und sie sich verfahren hätten. Er bat darum, längsseits zu kommen, damit er unsere Karten prüfen und sich orientieren könne. Er hoffte, sagte er, dass wir seinen Kompass für ihn reparieren könnten.

"Unter den gegebenen Umständen blieb uns nichts anderes übrig, als seiner Bitte nachzukommen, denn man verlässt ein behindertes Flugschiff nicht, ohne Hilfe anzubieten. Da ich Hin Abtol nicht sehen wollte, ging ich unter Deck in meine Kabine.

"Ich merkte, wie sich die beiden Flugschiffe berührten, als das der Panar längsseits kam, und einen Augenblick später hörte ich Schreie und Flüche und die Geräusche des Kampfes auf dem Oberdeck.

"Ich eilte die Leiter hinauf, und der Anblick, der sich mir bot, erfüllte mich mit Wut. Fast hundert Krieger schwärmten von Hin Abtols altem Kahn über unser Deck. Nie habe ich eine größere Brutalität gesehen, die nicht einmal von den grünen Männern ausgeübt wurde. Die Bestien ignorierten die gängigste Moral der zivilisierten Kriegsführung. Da sie uns vier zu eins überlegen waren, hatten wir keine Chance; aber die Männer von Gathol leisteten einen höchst edlen Kampf und forderten einen blutigen Tribut von ihren Angreifern; sodass Hin Abtol volle fünfzig Männer verloren haben muss, bevor der letzte meiner tapferen Garde abgeschlachtet wurde.

"Die Panaren warfen meine Verwundeten mit den Toten über Bord und gönnten ihnen nicht einmal den Gnadenstoß. Von meiner gesamten Besatzung blieb nicht ein einziger am Leben.

"Dann taumelte Hin Abtol an Bord. 'Ich habe dir gesagt', sagte er, 'dass Hin Abtol seine Frauen auswählt. Es wäre besser für dich und für Gathol gewesen, wenn du mir geglaubt hättest.'

"'Es wäre besser für dich gewesen,' antwortete ich, 'wenn du nie von Llana von Gathol gehört hättest. Du kannst sicher sein, dass ihr Tod gerächt werden wird.'

"'Ich habe nicht die Absicht, dich zu töten', gab er zurück.

"'Ich werde mich selbst töten', sagte ich ihm, 'bevor ich mich mit einem Ulsio wie dir paaren werde.' Das machte ihn wütend, und er schlug mich. 'Ein Feigling wie auch ein Ulsio', sagte ich.

"Er schlug mich nicht noch einmal, aber er befahl mir, unter Deck zu gehen. In meiner Kabine merkte ich, dass das Flugschiff wieder Fahrt aufnahm, und beim Blick nach draußen sah ich, dass es in Richtung Nord-Nord auf das gefrorene Land der Panaren zusteuerte."

KAPITEL XI

"Früh am nächsten Morgen kam ein Krieger zu meiner Kabine. 'Hin Abtol befiehlt, dass du sofort in den Kontrollraum kommst', verkündete er.

"'Was will er von mir?', fragte ich.

"'Sein Navigator versteht weder dieses Flugschiff noch die Instrumente', erklärte der Bursche. 'Er möchte dir ein paar Fragen stellen.'

"Ich überlegte kurz. Vielleicht könnte ich Hin Abtols Pläne durchkreuzen, wenn ich ein paar Minuten mit den Kontrollen und den Instrumenten verbringen könnte, die ich so gut kannte, wie man das Gesicht eines geliebten Menschen kennt; also folgte ich dem Krieger nach oben.

"Hin Abtol" befand sich mit drei seiner Offiziere im Kontrollraum. Sein Gesicht zeigte eine finstere Fratze, als ich eintrat. 'Wir sind vom Kurs abgekommen', schnauzte er, 'und während der Nacht haben wir den Kontakt zu unserem eigenen Flugschiff verloren. Du wirst meine Offiziere über diese dummen Instrumente belehren, die sie verwirrt haben.' Mit diesen Worten verließ er den Kontrollraum.

"Ich sah mich am Horizont in alle Richtungen um. Das andere Flugschiff kam nirgends in Sicht. Mein Plan entstand augenblicklich. Hätte das andere Flugschiff uns sehen können, hätte das nicht gelingen können. Ich wusste, wenn dieses Flugschiff, auf dem man mich gefangen hielt, jemals Panar erreichte, würde ich mir das Leben nehmen müssen, um einem Schicksal zu entgehen, das schlimmer wäre als der Tod. Auf dem Boden würde ich vielleicht auch den Tod finden, aber ich würde eine bessere Chance haben zu entkommen.

"'Was ist los?' fragte ich einen der Offiziere.

"'Alles', antwortete er. 'Was ist das?'

"'Ein Richtungskompass', erklärte ich; 'aber was hast du mit ihm gemacht? Es ist ein Wrack.'

"'Hin Abtol konnte nicht verstehen, wozu er diente, was ihn sehr wütend machte; also fing er an, ihn auseinanderzunehmen, um zu sehen, was drin war.'

"'Er hat gute Arbeit geleistet', erwiderte ich, 'es zu zerlegen. Jetzt sollte er, oder ein anderer von euch, es wieder zusammensetzen.'

"'Wir wissen nicht wie', erklärte der Kerl. 'Und ihr?'

"'Natürlich nicht.'

"'Was sollen wir dann tun?'

"'Hier ist ein gewöhnlicher Kompass', erzählte ich ihm. 'Fliege damit nach Norden, aber lass mich erst sehen, was sonst noch passiert ist.'

"Ich tat so, als würde ich alle anderen Instrumente und Steuerungen untersuchen, und während ich das tat, öffnete ich die Ventile des Auftriebstanks; und dann klemmte ich sie so, dass sie nicht geschlossen werden konnten.

"'Jetzt ist alles in Ordnung', sagte ich. 'Halte einfach mit diesem Kompass nach Norden. Du wirst den Richtungskompass nicht brauchen.' Ich hätte noch hinzufügen können, dass sie in kürzester Zeit keinen Kompass mehr brauchen würden, was die Navigation auf diesem Flugschiff anging. Dann ging ich hinunter in meine Kabine.

"Ich wusste, dass bald etwas passieren würde, und so war es auch. Ich konnte von meinem Bullauge aus sehen, dass wir an Höhe verloren - einfach langsam tiefer und tiefer fielen - und direkt kam ein anderer Krieger in meine Kabine und sagte, dass ich wieder im Kontrollraum gesucht würde.

"Erneut stand Hin Abtol da. 'Wir sinken', teilte er mir mit - eine Tatsache, die zu offensichtlich war, um sie zu erwähnen. 'Das habe ich schon seit einiger Zeit bemerkt', gab ich zur Antwort.

"'Nun, dann tu etwas dagegen!', schnauzte er. 'Du weißt doch alles über dieses Flugschiff.'

"'Ich dachte, dass ein Mann, der vorhat, ganz Barsoom zu erobern, in der Lage sein sollte, ein Flugschiff ohne die Hilfe einer Frau zu fliegen', erwiderte ich.

"Er errötete daraufhin und zog sein Schwert. 'Du wirst uns sagen, was los ist', knurrte er, 'oder ich schlitze dich von deinem Scheitel bis zu deinem Bauch auf.'

"Immer der ritterliche Gentleman", höhnte ich, "aber auch ohne deine Drohung werde ich dir sagen, was los ist.

"'Nun, was ist es?', fragte er.

"Indem du an den Kontrollen herumfummelst, hast entweder du oder ein ebenso dummer Kerl die Ventile des Auftriebstanks geöffnet. Alles was du tun musst, ist sie zu schließen. Wir werden dann nicht tiefer sinken, aber auch nicht höher gehen. Ich hoffe, dass es zwischen hier und Panar keine Berge oder sehr hohe Hügel gibt.'

"Wo sind die Ventile?", fragte er.

"Ich zeigte sie ihm.

"Sie versuchten, sie zu schließen; aber ich hatte sie so gut verklemmt, dass sie es nicht konnten, und wir fielen immer weiter hinunter in Richtung der ockerfarbenen Vegetation eines toten Meeresbodens.

"Hin Abtol bekam Panik. Seine Offiziere auch. Hier waren sie, Tausende von Kilometern von zu Hause entfernt - fünfundzwanzig Männer, die den größten Teil ihres Lebens in den gläsernen Gewächshausstädten der Nordpolarländer verbracht hatten, ohne oder mit sehr wenig Wissen über die Außenwelt und darüber, welche Art von Menschen, Tieren oder anderen Bedrohungen ihnen den Weg nach Hause streitig machen könnten. Ich konnte mir ein Lachen kaum verkneifen.

"Als wir an Höhe verloren, sah ich in der Ferne, nördlich von uns, die Türme einer Stadt; Hin Abtol ebenso. 'Eine Stadt', sagte er. 'Wir haben Glück. Dort können wir Mechaniker finden, die unser Flugschiff reparieren.'

"'Ja', dachte ich; 'wenn ihr vor einer Million Jahren gekommen wärt, hättet ihr Mechaniker gefunden. Sie hätten nichts davon gewusst, wie man einen Flieger repariert, denn Flieger waren damals noch nicht erfunden worden; aber sie hätten euch ein stabiles Schiff bauen können, mit dem ihr die fünf Meere des alten Barsoom hättet befahren können", aber ich sagte nichts. Ich wollte es Hin Abtol selbst herausfinden lassen.

"Ich war nie in Horz gewesen; aber ich wusste, dass die Türme, die sich in der Ferne erhoben, nur diese längst tote Stadt bedeuten konnten, und ich wollte das Vergnügen haben, Hin Abtols Enttäuschung mitzuerleben, nachdem er die lange und nutzlose Reise gemacht hatte."

"Du bist ein rachsüchtiger kleiner Schlingel", meinte ich.

"Ich fürchte, das bin ich", gab Llana von Gathol zu, "aber kannst du mir in diesem Fall einen Vorwurf machen?"

Ich musste zugeben, dass ich das nicht konnte. "Sprich weiter", drängte ich. "Erzähl mir, wie es weiterging."

"Werden wir nie das Ende dieser abscheulichen Gruben erreichen!", rief Kam Han Tor.

"Du solltest es wissen", antwortete Pan Dan Chee; "du hast gesagt, dass sie nach deinen Plänen gebaut wurden."

"Du bist unverschämt", schnauzte Kam Han Tor. " Man wird dich deshalb bestrafen."

"Du bist schon eine Million Jahre tot", erklärte Pan Dan Chee. "Du solltest dich hinlegen."

Kam Han Tor legte eine Hand auf den Griff seines Langschwertes. Er war sehr wütend; und ich konnte es ihm nicht verübeln, aber dies war nicht die Zeit, sich dem Vergnügen eines Duells hinzugeben.

"Halt!" rief ich. "Wir haben jetzt an wichtigere Dinge zu denken als an persönliche Streitigkeiten, Pan Dan Chee ist im Unrecht. Er wird sich entschuldigen."

Pan Dan Chee schaute mich überrascht und missbilligend an, doch er schob sein Schwert zurück in die Scheide. "Was John Carter, Prinz von Helium, Kriegsherr von Barsoom, mir befiehlt, das tue ich", erklärte er. "Ich biete Kam Han Tor meine Entschuldigung an."

Nun, Kam Han Tor nahm sie gnädig an, und ich drängte Llana von Gathol, mit ihrer Geschichte fortzufahren.

"Das Flugschiff fiel sanft zu Boden, ohne weiteren Schaden zu nehmen", fuhr sie fort, "Hin Abtol war zunächst unschlüssig, ob er alle seine Männer mit in die Stadt nehmen oder einige zur Bewachung des Flugschiffes zurücklassen sollte. Schließlich kam er zu dem Schluss, dass es für sie alle besser wäre, zusammen zu bleiben, für den Fall, dass sie vor den Toren der Stadt auf einen feindlichen Empfang stoßen sollten. Man hätte meinen können, so wie er sprach, dass fünfundzwanzig Panar jede Stadt auf Barsoom einnehmen könnten."

"Ich werde hier auf dich warten", erklärte ich. 'Es gibt keinen Grund, warum ich dich in die Stadt begleiten sollte.'

"'Und wenn ich zurückkomme, wirst du weg sein', erwiderte er. Du bist ein schlaues Frauenzimmer, aber ich bin noch ein bisschen schlauer. Du wirst mit uns kommen.'

"So musste ich den ganzen Weg nach Horz mit ihnen stapfen, und es war ein sehr langer und ermüdender Marsch. Als wir uns der Stadt näherten, bemerkte Hin Abtol, dass wir zu unserer Überraschung keine Anzeichen von Leben sahen - keinen Rauch, keine Bewegung entlang der Allee, die wir parallel zu der Ebene sehen konnten, auf der die Stadt lag, die Ebene, die einst ein mächtiger Ozean in der Vergangenheit gewesen war.

"Erst als wir die Stadt betraten, erkannte er, dass sie tot und verlassen dalag - aber nicht völlig menschenleer, wie wir bald feststellen sollten.

"Wir waren nur ein kurzes Stück die Hauptallee hinaufgekommen, als ein Dutzend grüner Krieger aus einem Gebäude hervortrat und die Panar angriff. Es hätte eine gute Schlacht werden können, John Carter, wenn du und zwei Krieger deiner Garde gegen die grünen Männer angetreten wären; aber diese Panar sind keine Krieger, wenn die Chancen nicht auf ihrer Seite sind. Natürlich waren sie den grünen Männern zahlenmäßig überlegen, aber die stattliche Größe und Stärke sowie die unbändige Wildheit der letzteren gaben ihnen den Vorteil gegenüber solch schwachen Gegnern.

"Ich habe nur wenig von dem Kampf gesehen. Die Kämpfer schenkten mir keine Aufmerksamkeit. Sie vertieften sich zu sehr ineinander; und als ich den Kopf einer Rampe in der Nähe sah, wich ich dorthin aus. Das letzte, was ich von dem Kampf sah, war, dass Hin Abtol mit Höchstgeschwindigkeit zurück in die Ebene rannte, während seine Männer hinter ihm herliefen und die grünen Kerle das Schlusslicht bildeten. Für die Sublimierung der Geschwindigkeit spreche ich den Panaren alle Ehre zu. Sie mögen nicht kämpfen können, aber sie können wegrennen."

KAPITEL XII

"Da ich wusste, dass die grünen Männer wegen ihrer Thoats zurückkehren würden und ich mich deshalb verstecken musste, stieg ich die Rampe hinunter", fuhr Llana fort. "Sie führte in die Gruben unter der Stadt. Ich hatte die Absicht, nur weit genug hineinzugehen, um eine Entdeckung von oben zu vermeiden und einen Vorsprung zu haben, falls die grünen Männer auf der Suche nach mir die Rampe hinunterkommen sollten; denn ich wusste, dass sie das tun würden - sie würden nicht so schnell auf eine Gelegenheit verzichten, eine rote Frau zur Folter oder Sklaverei gefangen zu nehmen.

"Ich bin bis zum Ende der Rampe und ein kurzes Stück einen Korridor entlang gegangen, als ich weit voraus ein schwaches Licht sah. Ich wollte nicht unerwartet von hinten angegriffen werden und vielleicht zwischen zwei Feinde geraten, also folgte ich dem Korridor in Richtung des Lichts, das sich, wie ich bald feststellte, zurückzog. Ich folgte ihm jedoch weiter, bis es schließlich in einem Raum voller Truhen stehen blieb.

"Als ich hineinging, sah ich eine Kreatur mit schrecklicher Miene ..."

"Lum Tar O", bestätigte ich. "Die Kreatur, die ich getötet habe."

"Ja", sagte Llana. "Ich beobachtete ihn einen Moment lang und wusste nicht, was ich tun sollte. Eine brennende Fackel erhellte die Kammer. In seiner linken Hand trug er eine weitere. Plötzlich wurde er aufmerksam. Er schien aufmerksam zu lauschen; dann schlich er aus dem Raum."

"Das muss der Liebeswahn gewesen sein, als er Pan Dan Chee und mich zum ersten Mal hörte", schlug ich vor.

"Ich vermute es", sagte Llana von Gathol. "Jedenfalls blieb ich allein im Raum zurück. Ginge ich den Weg zurück, den ich kam, könnte ich in die Arme eines grünen Mannes laufen. Wenn ich der schrecklichen Kreatur folgte, die ich gerade gesehen hatte, wäre ich zweifellos in einer ebenso schlimmen Lage gewesen. Wenn ich nur einen Ort hätte, an dem ich mich verstecken könnte, bis es sicher wäre, den Weg aus den Gruben herauszukommen, den ich betreten hatte!

"Die Truhen sahen einladend aus. Eine von ihnen würde ein hervorragendes Versteck bieten. Es war nur ein Zufall, dass die erste, die ich öffnete, leer war. Ich kroch hinein und ließ den Deckel über mir herunter. Den Rest kennst du ja."

"Und jetzt kommst du aus den Gruben heraus", sagte ich, als wir eine Rampe hinaufstiegen, an deren Spitze ich Tageslicht sehen konnte.

"In wenigen Augenblicken", sagte Kam Han Tor, "werden wir auf die breiten Wasser des Throxeus blicken."

Ich schüttelte den Kopf. "Sei nicht zu enttäuscht", erwiderte ich.

"Bist du und dein Freund im Bunde, um mir einen Streich zu spielen?", fragte Kam Han Tor. "Erst gestern sah ich die Schiffe der Flotte vor dem Kai vor Anker liegen. Hältst du mich für einen Narren, dass du mir erzählst, es gäbe keinen Ozean mehr, wo gestern noch ein Ozean existierte, wo er seit der Erschaffung von Barsoom war? Ozeane verschwinden nicht über Nacht, mein Freund."

Es ging ein zustimmendes Raunen durch die in Hörweite befindlichen Angehörigen der feinen Gesellschaft der Adligen und ihrer Frauen. Sie waren abgeneigt zu glauben, was sie nicht glauben wollten und was, wie ich erkannte, eine Beleidigung ihrer Intelligenz gewesen sein musste.

Versetzen Sie sich in ihre Lage. Angenommen, Sie leben in San Francisco. Sie gehen eines Nachts zu Bett. Als Sie erwachen, erzählt Ihnen ein völlig Fremder, dass der Pazifische Ozean ausgetrocknet ist und dass Sie nach Honolulu oder Guam oder auf die Philippinen laufen können. Ich bin mir ziemlich sicher, dass Sie ihm nicht glauben würden.

Als wir auf die breite Allee kamen, die zur alten Strandpromenade von Horz führte, blickte diese Versammlung von prächtig gekleideten Männern und Frauen in entgeistertem Erstaunen auf die zerfallenden Ruinen ihrer einst stolzen Stadt.

"Wo sind die Menschen?", fragte einer. "Warum ist die Allee der Jeddaks menschenleer?"

"Und der Palast des Jeddaks!", rief ein anderer. "Es gibt keine Wachen."

"Es ist niemand da!", keuchte eine Frau.

Niemand gab einen Kommentar ab, während sie eifrig zum Kai weitergingen. Bevor sie dort ankamen, streiften ihre Augen bereits über eine karge Wüste aus totem Meeresboden, wo einst die Wasser des Throxeus gewogt hatten.

Schweigend gingen sie weiter zur Avenue der Quays. Sie konnten dem Zeugnis ihrer eigenen Augen einfach nicht glauben. Ich kann mich nicht erinnern, jemals für einen meiner Mitmenschen mehr Mitleid empfunden zu haben als in diesem Moment für diese armen Menschen.

"Es ist weg", sagte Kam Han Tor in einem kaum hörbaren Flüsterton.

Eine Frau schluchzte. Ein Krieger zog seinen Dolch und stieß ihn in sein eigenes Herz.

"Und unser ganzes Volk ist fort", rief Kam Han Tor. "Unsere ganze Welt ist weg."

Sie standen da und blickten über diese Wüsteneinöde hinaus; hinter ihnen eine tote Stadt, die in ihrem letzten Gestern noch vor Leben und Jugend und Energie gewimmelt hatte.

Und dann geschah etwas Seltsames. Vor meinen Augen begann Kam Han Tor zu schrumpfen und zu zerbröckeln. Er löste sich buchstäblich auf, er und das Leder seines Gurtes. Seine Waffen klapperten auf den Bürgersteig und lagen dort in einem kleinen Staubhaufen, der Kam Han Tor, der Bruder eines Jeddak, gewesen war.

Llana von Gathol drückte sich dicht an mich und ergriff meinen Arm. "Es ist entsetzlich!", flüsterte sie. "Schau! Sieh dir die anderen an!"

Ich blickte mich um. Einzeln, in Zweier- oder Dreiergruppen verwandelten sich die Männer und Frauen des alten Horz wieder in den Staub, dem sie entsprungen waren - "Erde zu Erde, Asche zu Asche, Staub zu Staub!"

"In all den Zeitaltern, in denen sie in den Gruben von Horz gelegen haben", sagte Pan Dan Chee, "ist dieser Zerfall langsam vorangeschritten. Nur die obszönen Kräfte von Lum Tar O gaben ihnen einen Anschein von Leben. Als diese entfernt wurde, erfolgte die endgültige Auflösung sehr schnell."

"Das muss die Erklärung sein", stellte ich fest. "Es ist gut, dass es so ist, denn diese Menschen hätten in dem heutigen Barsoom niemals Glück finden können - eine sterbende Welt, so ganz anders als die glorreiche Welt von Barsoom in der Blütezeit, mit ihren fünf Ozeanen, ihren großen Städten, ihren glücklichen, blühenden Völkern, die, wenn die Geschichte die Wahrheit sagt, endlich alle Kriegsherren und Kriegstreiber gestürzt und Frieden von Pol zu Pol geschaffen hatten."

"Nein", meinte Llana von Gathol, "sie hätten nie wieder glücklich sein können. Hast du bemerkt, was für schöne Menschen sie waren? und die Farbe ihrer Haut war die gleiche wie die deine, John Carter. Abgesehen von ihren blonden Haaren hätten sie auch von deiner eigenen Erde sein können."

"Es gibt viele blonde Menschen auf der Erde", erzählte ich ihr. "Vielleicht werden wir, nachdem sich alle Völker der Erde über viele Zeitalter hinweg vermischt haben, eine Spezies roter Menschen entwickeln, wie es auf Barsoom der Fall war. Wer weiß?"

Pan Dan Chee stand da und schaute Llana von Gathol bewundernd an. Es war so offensichtlich, dass es fast schmerzte, und ich konnte sehen, dass es Llana ärgerte, auch wenn es sie erfreute.

"Komm", sagte ich. "Es bringt nichts, hier zu stehen. Mein Flieger steht in einem Hof in der Nähe. Er wird drei Personen tragen. Wirst du mit mir kommen, Pan Dan Chee? Ich kann dir ein Willkommen in Helium und einen Posten in der Armee der Jeddak zusichern."

Pan Dan Chee schüttelte den Kopf. "Ich muss zurück in die Zitadelle", antwortete er.

"Zu Ho Ran Kim und dem Tod", erinnerte ich ihn.

"Ja, zu Ho Ran Kim und in den Tod", bestätigte er.

"Sei kein Narr, Pan Dan Chee", sagte ich. "Du hast dich ehrenhaft verhalten. Du kannst mich nicht töten, und ich weiß, dass du Llana von Gathol nicht töten würdest. Wir werden fortgehen und das Geheimnis des vergessenen Volkes von Horz mit uns tragen, ganz gleich, was du tust; aber du musst wissen, dass keiner von uns unser Wissen nutzen würde, um deinem Volk Schaden zuzufügen. Warum also sinnlos in den Tod zurückgehen? Komm mit uns."

Er blickte direkt in die Augen von Llana von Gathol. "Ist es dein Wunsch, dass ich mit dir komme?", fragte er.

"Wenn die Alternative deinen Tod bedeutet", antwortete sie, "dann ist es mein Wunsch, dass du mit uns kommst."

Ein schiefes Lächeln umspielte Pan Dan Chees Lippen, aber offensichtlich sah er einen Hoffnungsschimmer in ihrer unverbindlichen Antwort, denn er sagte: "Ich danke dir, John Carter. Ich werde mit dir gehen. Mein Schwert gehört dir, für immer."

KAPITEL XIII

Ich hatte keine Schwierigkeiten, den Hof ausfindig zu machen, wo ich gelandet war und meinen Flieger zurückgelassen hatte. Als wir uns ihm näherten, sah ich eine Reihe von toten Männern in der Allee liegen. Sie lagen ausgestreckt in den grotesken Stellungen des Todes. Einige von ihnen waren von ihrem Scheitel bis zum Bauch weit aufgerissen. "Das Werk der grünen Männer", bemerkte ich.

"Das waren die Männer von Hin Abtol", erklärte Llana von Gathol.

Wir zählten siebzehn Leichen, bevor wir den Eingang zum Innenhof erreichten. Als ich hineinschaute, blieb ich entsetzt stehen - mein Flieger war nicht da, aber fünf weitere tote Panar lagen in der Nähe, wo er gestanden hatte.

"Er ist weg", rief ich.

"Hin Abtol", erwiderte Llana von Gathol. "Der Feigling hat seine Männer im Stich gelassen und ist mit deinem Flieger geflohen. Nur zwei seiner Krieger haben es geschafft, ihn zu begleiten."

"Vielleicht wäre er ein Narr gewesen, wenn er geblieben wäre", sagte ich. "Er hätte nur den gleichen Tod gefunden wie die anderen."

"Dann wäre John Carter unter ähnlichen Umständen auch ein Narr gewesen", schoss sie zurück.

Vielleicht wäre ich das, denn die Wahrheit ist, dass ich gerne kämpfe. Ich nehme an, es ist alles falsch, aber ich kann nicht anders. Kämpfen war mein Beruf während meines ganzen Lebens, an das ich mich erinnern kann. Ich kämpfte während des gesamten Bürgerkriegs in der konföderierten Armee. Davor habe ich in anderen Kriegen gekämpft. Ich werde dich nicht mit meiner Autobiographie langweilen. Es genügt zu sagen, dass ich immer gekämpft habe. Ich weiß nicht, wie alt ich bin. Ich kann mich an keine Kindheit erinnern. Ich habe immer so ausgesehen, als wäre ich etwa dreißig Jahre alt. Das tue ich immer noch. Ich weiß nicht, woher ich komme, noch ob ich von einer Frau geboren wurde, wie andere Menschen auch. Soweit ich weiß, bin ich einfach immer gewesen. Vielleicht bin ich die Materialisierung eines längst verstorbenen Kriegers aus einem anderen Zeitalter. Wer weiß das schon? Das könnte meine Fähigkeit erklären, die kalte, dunkle Leere des Raumes zu durchqueren, die die Erde vom Mars trennt. Ich weiß es nicht.

Pan Dan Chee unterbrach den Bann meiner Träumerei. "Was nun?", fragte er.

"Ein langer Weg", sagte ich. "Es sind volle viertausend Haads von hier nach Gathol, der nächsten freundlichen Stadt." Das wäre das Äquivalent von fünfzehnhundert Meilen - ein sehr langer Marsch.

"Und nur diese Wüste, von der wir uns ernähren müssen?", fragte Pan Dan Chee.

"Es wird Hügel geben", antwortete ich ihm. "Es wird tiefe kleine Schluchten geben, in denen die Feuchtigkeit verweilt und Dinge wachsen, die wir essen können; aber es mag grüne Männer geben, und es wird sicherlich Banths und andere Raubtiere geben. Hast du Angst, Pan Dan Chee?"

"Ja", sagte er, "aber nur um Llana von Gathol. Sie ist eine Frau - es ist kein Abenteuer für eine Frau. Vielleicht könnte sie es nicht überleben."

Llana von Gathol lachte. "Du kennst die Frauen von Helium nicht", erwiderte sie, "und noch weniger eine, in deren Adern das Blut von Dejah Thoris und John Carter fließt. Vielleicht wirst du es lernen, bevor wir Gathol erreicht haben." Sie bückte sich und entfernte den Harnisch und die Waffen eines toten Panar von seinem Leichnam und schnallte sich diese um. Die Tat war beredter als Worte.

"Jetzt sind wir drei gute Schwertträger", sagte Pan Dan Chee mit einem Lachen, aber wir wussten, dass er nicht über Llana von Gathol lachte, sondern aus Bewunderung für sie.

Und so machten wir uns zu dritt auf den langen Weg in Richtung des fernen Gathol - Llana von Gathol und ich, von einem Blut und zwei Welten und Pan Dan Chee von noch einem anderen Blut und von einer untergegangenen Welt. Wir hätten schlecht zusammenpassen können, aber keine drei Menschen haben besser zueinandergepasst - zumindest anfangs.

Fünf Tage lang sahen wir kein lebendes Wesen. Wir ernährten uns ausschließlich von der Milch der Mantalia-Pflanze, die scheinbar ohne Wasser wächst und ihren reichlichen Vorrat an Milch aus den Produkten des Bodens, der leichten Feuchtigkeit in der Luft und den Sonnenstrahlen destilliert. Eine einzige Pflanze dieser Art gibt acht oder zehn Quarts Milch pro Tag. Sie sind wie von einer gütigen Vorsehung über den Boden des Toten Meeres verstreut und geben Mensch und Tier sowohl Essen als auch Trinken.

Meine Begleiter wären vielleicht trotzdem verdurstet oder verhungert, wenn ich nicht bei ihnen gewesen wäre, denn keiner von ihnen wusste, dass die ganz gewöhnlich aussehenden Pflanzen, an denen wir gelegentlich vorbeikamen, diese lebensspendende Flüssigkeit in ihren Stängeln und Ästen trugen.

Wir rasteten in der Mitte des Tages und schliefen in der Mitte der Nächte, wobei wir uns bei der Wache abwechselten - eine Aufgabe, die Llana von Gathol mit uns teilen wollte.

Als wir uns in der sechsten Nacht zur Ruhe legten, hatte Llana die erste Wache, und da ich die zweite hatte, bereitete ich mich sofort auf den Schlaf vor. Pan Dan Chee saß auf und unterhielt sich mit Llana.

Als ich eindöste, hörte ich ihn sagen: "Darf ich dich meine Prinzessin nennen?"

Das ist auf Barsoom das Äquivalent zu einem Heiratsantrag der Erde. Ich versuchte, mir die Ohren zuzuhalten und einzuschlafen, aber ich konnte nicht umhin, ihre Antwort zu hören.

60

"Du hast noch nicht um mich gekämpft", sagte sie, "und kein Mann darf sich anmaßen, eine Frau von Helium zu beanspruchen, bevor er sein Können bewiesen hat."

"Ich hatte noch keine Gelegenheit, um für dich zu kämpfen", sagte er.

"Dann warte, bis du sie hast", erwiderte sie kurz; "und nun gute Nacht."

Ich fand, sie war ein wenig zu schroff zu ihm. Pan Dan Chee ist ein netter Kerl und ich war mir sicher, dass er eine gute Figur machen würde, wenn sich die Gelegenheit ergeben würde. Sie hätte ihn nicht behandeln müssen, als wäre er ein Mistkerl. Aber Frauen haben nun mal ihre eigene Art. In der Regel sind es unangenehme Vorgehensweisen, aber es scheinen die richtigen Methoden zu sein, um Männer zu gewinnen; also nehme ich an, dass sie in Ordnung sein müssen.

Pan Dan Chee ging ein paar Schritte weg und legte sich auf die andere Seite von Llana von Gathol. Wir schafften es immer, sie zu ihrem eigenen Schutz zwischen uns zu halten.

Später wurde ich durch einen Schrei und ein grässliches Gebrüll geweckt. Ich sprang auf, um zu sehen, wie Llana von Gathol auf dem Boden lag, mit einem riesigen Banth auf ihr, und in diesem Moment sprang Pan Dan Chee voll auf den Rücken des mächtigen Fleischfressers.

Es geschah alles so schnell, dass ich es mir kaum bildlich vorstellen kann. Ich sah, wie Pan Dan Chee an dem großen Tier zerrte, um es von Llanas Körper zu reißen, und gleichzeitig stieß er seinen Dolch in seine Seite. Der Banth brüllte fürchterlich, als er versuchte, Pan Dan Chee abzuwehren und gleichzeitig seinen Griff um Llana aufrechtzuerhalten.

Ich sprang mit meinem Kurzschwert heran, aber es war schwierig, eine Gelegenheit zu finden, die weder Llana noch Pan Dan Chee gefährdete. Es muss ein sehr amüsanter Anblick gewesen sein; wie wir vier auf dem Boden herumdreschten, alle durcheinander, und der Banth brüllte und Pan Dan Chee fluchte wie ein Soldat, wenn er nicht gerade versuchte, Llana von Gathol zu sagen, wie sehr er sie liebte.

Doch endlich bekam ich eine Gelegenheit und rammte mein Kurzschwert in das Herz des Banths. Mit einem letzten Schrei und einem krampfhaften Zittern wälzte sich das Tier um und lag still.

Als ich versuchte, Llana vom Boden aufzuheben, sprang sie auf die Füße. "Pan Dan Chee!", rief sie. "Geht es ihm gut? Ist er verletzt?"

"Natürlich geht es mir gut", antwortete Pan Dan Chee; " aber du? Wie schwer bist du verletzt?"

"Ich bin überhaupt nicht verletzt. Du hast die Bestie so beschäftigt, dass sie keine Chance hatte, mich zu zerfleischen."

"Dank sei meinen Vorfahren!", rief Pan Dan Chee inbrünstig. Plötzlich drehte er sich zu ihr um. "Nun", sagte er, "ich habe für dich gekämpft. Was ist deine Antwort?"

Llana von Gathol zuckte mit ihren hübschen Schultern. "Du hast nicht gegen einen Mann gekämpft", erwiderte sie, "nur gegen einen kleinen Banth."

Tja, ich habe Frauen noch nie verstanden.

C. Die schwarzen Piraten

[3]*Die Schwarzen Piraten bejubelten die Fähigkeiten ihres Sklaven-Schwertkämpfers, aber hätten sie gewusst, dass er John Carter ist, wäre er auf der Stelle getötet worden!*

KAPITEL I

In meinem früheren Leben auf der Erde habe ich mehr Zeit im Sattel als zu Fuß verbracht, und seit ich hier auf dem Planeten Barsoom bin, habe ich viel Zeit im Sattel oder auf den schnellen Fliegern der Luftflotte von Helium verbracht; deshalb habe ich mich natürlich nicht besonders darauf gefreut, fünfzehnhundert Meilen zu laufen. Aber es musste getan werden, und wenn etwas getan werden muss, ist der beste Plan, es anzupacken, dabei zu bleiben und es so schnell wie möglich hinter sich zu bringen.

Gathol liegt südwestlich von Horz, aber da ich keinen Kompass und keine Orientierungspunkte hatte, ging ich, wie ich später feststellte, etwas zu weit nach Westen. Hätte ich das nicht getan, wären uns vielleicht einige sehr erschütternde Erfahrungen erspart geblieben. Obwohl, wenn mein bisheriges Leben ein Kriterium ist, hätten wir viele andere Abenteuer erlebt.

Wir hatten etwa zweitausendfünfhundert Haads der viertausend, die wir zu reisen hatten, zurückgelegt, oder zumindest so weit ich es ausrechnen konnte, mit einem Minimum an unvorhergesehenen Zwischenfällen.

Zweimal wurden wir von Banths angegriffen, aber es gelang uns, sie zu töten, bevor sie uns Schaden zufügen konnten; und wir wurden von einer Horde wilder Calots angegriffen der gefährlichsten aller Kreaturen auf Barsoom, aber glücklicherweise hatten wir keine Menschen getroffen. Denn hier, außerhalb deines eigenen Landes oder der Länder deiner Verbündeten, ist jeder Mensch dein Feind und darauf aus, dich zu vernichten; auch ist es nicht verwunderlich auf einer sterbenden Welt, deren natürliche Ressourcen fast bis zum Verschwinden geschrumpft sind und selbst Luft und Wasser nur noch knapp ausreichen, um den Bedarf der gegenwärtigen Bevölkerung zu decken.

Die weiten Strecken des toten Meeresbodens, bedeckt mit seiner ockerfarbenen Vegetation, die wir durchquerten, wurden nur gelegentlich von niedrigen Hügeln unterbrochen. Hier in schattigen

---

3 Titel der amerikanischen Ausgabe "Black Pirates of Barsoom" (*Amazing Stories* magazine, June 1941)

Schluchten fanden wir manchmal essbare Wurzeln und Knollen. Die meiste Zeit aber ernährten wir uns von dem milchartigen Saft des Mantalia-Busches, der auf dem toten Meeresboden wächst, wenn auch nicht in großer Fülle.

Wir hatten versucht, die Tage im Auge zu behalten, und es war der siebenunddreißigste Tag, an dem wir wirklich ernsthafte Probleme bekamen. Es war die vierte Zode, was ungefähr ein Uhr nachmittags Erdzeit ist, als wir in der Ferne und zu unserer Linken etwas sahen, was ich sofort als eine Karawane grüner Marsianer identifizierte.

Da es kein schlimmeres Schicksal geben kann, als diesen grausamen Monstern in die Hände zu fallen, eilten wir weiter, in der Hoffnung, ihren Weg zu kreuzen, bevor wir entdeckt wurden. Wir nutzten aus, was der Meeresboden uns an Deckung bot, was sehr wenig war, und zwangen uns oft, uns auf dem Bauch fortzuschlängeln, eine Kunst, die ich von den Apachen in Arizona gelernt hatte. Ich hatte die Führung übernommen, als ich auf ein menschliches Skelett stieß. Es bröckelte zu Staub, was darauf hindeutet, dass es schon viele Jahre dort gelegen haben muss, denn die Luftfeuchtigkeit auf dem Mars ist so niedrig, dass der Zerfall von knöchernen Strukturen extrem langsam verläuft. Innerhalb von fünfzig Metern stieß ich auf ein weiteres Skelett und danach sahen wir viele davon. Der Anblick machte mich fassungslos und ich konnte nicht erahnen, was sich dahinter verbarg. Zuerst dachte ich, dass hier vielleicht einmal eine Schlacht stattgefunden hatte, aber als ich sah, dass einige dieser Skelette frisch und gut erhalten waren und andere bereits begonnen hatten, sich aufzulösen, wurde mir klar, dass diese Männer im Abstand von vielen Jahren verstarben.

Endlich hatte ich das Gefühl, dass wir die Marschroute der Karawane bereits überschritten hatten und dass wir, sobald wir ein Versteck finden würden, vergleichsweise sicher sein konnten, und gerade dann stieß ich an den Rand eines gähnenden Abgrunds.

Abgesehen vom Grand Canyon des Colorado-Flusses, hatte ich so etwas noch nie gesehen. Es war ein großer Graben, der etwa zehn Meilen breit und vielleicht zwei Meilen tief zu sein schien und sich über Meilen in beide Richtungen erstreckte.

Am Rande des Grabens gab es Felsvorsprünge, hinter denen wir uns versteckten. Überall um uns herum lagen mehr menschliche Skelette, als wir bisher gesehen hatten. Vielleicht waren sie eine Warnung; aber zumindest konnten sie uns nichts anhaben, und so richteten wir unsere Aufmerksamkeit auf die sich nähernde Karawane, die nun ihre Richtung ein wenig geändert hatte und direkt auf uns zukam. Gegen jede Vernunft hoffend, dass sie wieder ihre Richtung ändern und an uns vorbeiziehen würden, lagen wir da und beobachteten sie.

Als ich das erste Mal auf wundersame Weise zum Mars teleportiert wurde, hatte mich eine Horde grüner Männer gefangen genommen und ich hatte lange Zeit mit ihnen gelebt, sodass ich ihre Sitten und Gebräuche gut kannte. Daher war ich mir ziemlich sicher, dass diese Karawane die alle fünf Jahre stattfindende Pilgerfahrt ihrer Horde zu ihrem versteckten Brutplatz machte.

Jedes erwachsene Marsweibchen bringt jedes Jahr etwa dreizehn Eier zur Welt; und diejenigen, die die richtige Größe, das richtige Gewicht und die richtige Dichte erreichen, werden in den Nischen eines unterirdischen Gewölbes versteckt, wo die Temperatur für die Inkubation zu niedrig ist. Jedes Jahr werden diese Eier sorgfältig von einem Rat von zwanzig Häuptlingen untersucht, und alle bis auf etwa hundert der perfektesten werden aus dem jährlichen Vorrat vernichtet. Am Ende von fünf Jahren werden etwa fünfhundert fast perfekte Eier aus den Tausenden von Eiern ausgewählt. Diese werden dann in die fast luftdichten Brutkästen gelegt, um nach weiteren fünf Jahren durch die Sonnenstrahlen ausgebrütet zu werden.

Alle bis auf etwa ein Prozent der Eier schlüpfen, und diese werden zurückgelassen, wenn die Horde den Brutplatz verlässt. Wenn diese Eier schlüpfen, ist das Schicksal dieser verlassenen kleinen Marsianer unbekannt. Sie sind nicht erwünscht, da ihre Nachkommen die Tendenz zur verlängerten Inkubation erben und weitergeben könnten und somit das System, das seit Ewigkeiten aufrechterhalten wird und das den erwachsenen Marsianern erlaubt, die richtige Zeit für die Rückkehr zum Inkubator fast auf die Stunde genau zu bestimmen, durcheinanderbringen könnten.

Die Brutkästen werden in abgelegenen Gebieten gebaut, in denen die Wahrscheinlichkeit, dass sie von anderen Stämmen entdeckt werden, gering oder nicht gegeben ist. Das Ergebnis einer solchen Katastrophe würde bedeuten, dass es in der Gemeinschaft für weitere fünf Jahre keine Kinder gäbe.

Die Karawane der grünen Marsmenschen ist ein prächtiger und barbarischer Anblick. In dieser befanden sich etwa zweihundertfünfzig riesige dreirädrige Streitwagen, die von riesigen Mastodonischen Tieren, die als Zitidars bekannt sind, gezogen wurden, von denen jeder einzelne von seinem Aussehen her leicht den gesamten Zug hätte ziehen können, wenn er voll beladen gewesen wäre.

Die Wagen selbst wiesen eine beachtliche Größe auf und waren prächtig geschmückt; in jedem saß eine Marsianerin, geschmückt mit Ornamenten aus Metall, Juwelen, Seide und Pelzen, und auf dem Rücken eines jeden Zitidars saß ein junger marsianischer Kutscher auf prächtigem Sattelzeug.

An der Spitze der Karawane ritten etwa zweihundert Krieger, fünf an der Zahl, und eine ähnliche Anzahl bildete das Schlusslicht. Etwa fünfundzwanzig oder dreißig Reiter flankierten die Wagen zu beiden Seiten.

Die Reittiere der Krieger entziehen sich einer Beschreibung mit irdischen Worten. Sie überragten zehn Fuß an der Schulter, hatten vier Beine auf jeder Seite, einen breiten flachen Schwanz, größer an der Spitze als an der Wurzel, den sie beim Laufen gerade nach hinten hielten; ein klaffendes Maul, das den Kopf von der Schnauze bis zum langen, massiven Hals spaltete.

Wie ihre großen Meister besitzen sie keinerlei Haare, sind aber von dunkler Schieferfarbe und äußerst glatt und glänzend. Ihre Bäuche sind weiß und ihre Beine schattiert von der Schiefertönung der Schultern und Hüften bis zu einem lebhaften Gelb an den Füßen. Die Füße selbst haben starke Ballen und sind nagelfrei. Wie die Zitidars tragen sie weder Gebiss noch Zaumzeug, sondern werden ausschließlich durch telepathische Mittel geführt.

Während wir diesen wahrhaft prächtigen und beeindruckenden Zug beobachteten, änderte er erneut seine Richtung und ich atmete erleichtert auf, als ich sah, dass sie uns überholen würden. Offensichtlich hatten sie von den Rücken ihrer hohen Reittiere aus den Graben gesehen und bewegten sich nun parallel zu ihm.

Meine Erleichterung währte jedoch nur kurz, denn als der hintere Teil der Karawane im Begriff war, uns zu überholen, entdeckte uns einer der Flankierer.

KAPITEL II

Sofort drehte der Kerl seinen Thoat, rief seinen Gefährten zu und kam im Galopp auf uns zu. Wir sprangen mit gezogenen Schwertern auf, in der Erwartung zu sterben, aber bereit, unser Leben teuer zu verkaufen.

Kaum waren wir wieder auf den Beinen, rief Llana: "Seht! Hier ist ein Pfad ins Tal."

Ich schaute mich um. Sicher, jetzt, wo wir aufrecht standen, konnte ich den Anfang eines schmalen, steilen Pfades sehen, der über den Rand der Klippe hinunterführte. Wenn wir ihn nur erreichen könnten, wären wir sicher, denn die großen Thoats und Zitidars der grünen Männer konnten ihn unmöglich überwinden. Es war sehr gut möglich, dass die grünen Männer nicht einmal von der Anwesenheit des Grabens wussten, bevor sie plötzlich darüber stolperten, und das ist durchaus möglich, denn sie errichten ihre Brutkästen in unbewohnten und unerforschten Wildnisgebieten, manchmal bis zu tausend Meilen von ihren eigenen Revieren entfernt.

Als wir drei, Llana, Pan Dan Chee und ich, auf den Pfad zu rannten, blickte ich über meine Schulter und sah, dass der führende Krieger fast bei uns war und dass wir nicht alle den Pfad erreichen konnten. Also rief ich Pan Dan Chee zu, er solle mit Llana den Pfad hinuntereilen. Sie blieben beide stehen und drehten sich zu mir um.

"Es ist ein Befehl", sagte ich ihnen. Widerwillig drehten sie sich um und liefen weiter zum Pfad, während ich mich umdrehte und mich dem Krieger zuwandte.

Er hatte seinen Thoat angehalten und war abgestiegen, offensichtlich in der Absicht, mich gefangen zu nehmen, anstatt mich zu töten; aber ich hatte keine Lust, in Gefangenschaft zu geraten, um gefoltert zu werden und schließlich zu sterben. Es war viel besser, jetzt zu sterben.

Er zog sein Langschwert, als er auf mich zukam und ich tat es ihm gleich. Wären da nicht sechs seiner Gefährten auf ihren riesigen Thoats herangaloppiert, hätte ich mir keine großen Sorgen gemacht, denn mit einem Schwert bin ich jedem grünen Marsianer gewachsen, der jemals geschlüpft ist. Selbst ihre Größe verschafft ihnen keinen Vorteil. Vielleicht behindert es sie, denn ihre Bewegungen sind langsam und schwerfällig im Vergleich zu meiner irdischen Beweglichkeit; und obwohl sie doppelt so groß sind wie ich, bin ich genauso stark wie sie. Die Muskeln des irdischen Menschen haben nicht umsonst seit Anbeginn der Menschheit mit der Schwerkraft gekämpft. Dadurch haben sich die Muskeln entwickelt und gestählt; denn jede Bewegung, die wir machen, wird von der Schwerkraft angefochten.

Mein Gegner war so furchtbar selbstsicher, als er einem so scheinbar mickrigen Geschöpf wie mir gegenüberstand, dass er sich selbst weit offen ließ, als er wie ein wilder Stier auf mich zustürzte.

An der Art, wie er sein Schwert hielt, sah ich, dass er mir mit der flachen Seite auf den Kopf schlagen wollte, um mich bewusstlos zu machen, damit er mich leichter gefangen nehmen konnte; aber als das Schwert sank, stand ich nicht da; ich bin nach rechts aus dem Weg getreten, und gleichzeitig stieß ich nach seinem Herzen. Ich hätte es auch durchbohrt, wenn nicht einer seiner vier Arme zufällig gegen die Spitze meiner Klinge gestoßen wäre, bevor sie seinen Körper erreichte. So aber verpasste ich ihm eine schwere Wunde und er drehte sich vor Wut brüllend um und kam erneut auf mich zu.

Diesmal ging er vorsichtiger vor, aber es machte keinen Unterschied; denn seine Fähigkeiten wurden gegen den besten Schwertkämpfer zweier Welten auf die Probe gestellt.

Die anderen sechs Krieger hatten mich nun fast erreicht. Dies war nicht die Zeit für den Fechtsport. Ich täuschte einmal an und traf ihn mitten ins Herz. Dann, als ich sah, dass Llana in Sicherheit zu sein schien, drehte ich mich um und rannte am Rande des Grabens entlang; und die sechs grünen Krieger taten genau das, was ich von ihnen erwartet hatte. Sie hatten sich wahrscheinlich von der Nachhut abgesetzt, um einen roten Mann zu fangen und zu foltern oder für ihre wilden Spiele. Dicht gedrängt kamen sie hinter mir her, die nackten, gepolsterten Füße ihrer schwerfälligen Reittiere machten kein Geräusch auf dem ockerfarbenen, moosartigen Bewuchs des toten Meeresbodens. Mit ihren Speeren stürzten sie sich auf mich, jeder versuchte, mich zu töten oder zu fangen. Ich fühlte mich so, wie sich ein Fuchs bei einer Fuchsjagd fühlen muss.

Plötzlich blieb ich stehen, drehte mich um und rannte auf sie zu. Sie müssen gedacht haben, dass ich vor Angst verrückt geworden sei, denn sie konnten sicher nicht wissen, was ich vorhatte und dass ich nur vor ihnen weggelaufen war, um sie vom Eingang des Pfades, der ins Tal führte, wegzulocken. Sie befanden sich fast über mir, als ich hoch in die Luft sprang und sie komplett überflog. Meine große Kraft und Beweglichkeit und die geringere Schwerkraft des Mars kamen mir wieder einmal in einer Notsituation zu Hilfe.

Als ich landete, stürmte ich auf den Eingang des Pfades zu. Und als die Krieger ihre Reittiere zum Stehen bringen konnten, drehten sie sich um und ritten hinter mir her, aber sie kamen zu spät. Ich kann jeden Thoat, der jemals gefohlt hat, überholen. Das einzige Problem bei mir ist, dass ich zu stolz bin, um zu rennen; aber wie der Kerl, der zu stolz war, um zu kämpfen, muss ich es manchmal tun, wie in diesem Fall, wo die Sicherheit anderer auf dem Spiel stand.

Ich erreichte den Eingang des Pfades noch rechtzeitig und eilte Llana und Pan Dan Chee hinterher, die auf mich warteten, als ich sie einholte.

Als wir hinabstiegen, blickte ich auf und sah die grünen Krieger am Rande des Grabens, die uns ansahen; und da ich ahnte, was passieren würde, zerrte ich Llana in den Schutz eines überhängenden Vorsprungs. Pan Dan Chee folgte gerade, als die Radiumkugeln in unserer Nähe zu explodieren begannen.

Die Gewehre, mit denen die grünen Marsmenschen bewaffnet sind, bestehen aus einem weißen Metall, das mit Holz beschlagen ist; ein sehr leichtes und sehr hartes Material, das auf dem Mars sehr geschätzt wird und uns Bewohnern der Erde völlig unbekannt ist. Das Metall des Laufs ist eine Legierung, die hauptsächlich aus Aluminium und Stahl besteht, die sie zu einem Härtegrad zu bearbeiten gelernt haben, der den des uns bekannten Stahls weit übertrifft. Das Gewicht dieser Gewehre ist vergleichsweise gering; und mit den kleinkalibrigen, explosiven Radiumgeschossen, die sie verwenden, und der großen Länge des Laufs sind sie in höchstem Maße tödlich und das bei Entfernungen, die auf der Erde unvorstellbar wären.

Die Projektile, die sie verwenden, explodieren, wenn sie ein Objekt treffen, denn sie haben eine undurchsichtige äußere Beschichtung, die durch den Aufprall zerbrochen wird und einen fast festen Glaszylinder freilegt, in dessen vorderem Ende sich ein winziges Teilchen Radiumpulver befindet.

In dem Moment, in dem das Sonnenlicht, auch wenn es diffus ist, auf dieses Pulver trifft, explodiert es mit einer Gewalt, der nichts standhalten kann. In nächtlichen Schlachten bemerkt man das Fehlen dieser Explosionen, während der folgende Morgen bei Sonnenaufgang mit den scharfen Detonationen der explodierenden Geschosse, die in der vorangegangenen Nacht abgefeuert wurden, übersät wird. In der Regel werden jedoch nach Einbruch der Dunkelheit nicht-explodierende Geschosse verwendet.

Ich hielt es für sicherer, dort zu bleiben, wo wir waren, als uns zu exponieren, indem wir versuchten, abzusteigen, denn ich bezweifelte sehr, dass die riesigen grünen Krieger uns zu Fuß diesen steilen Abhang hinunter folgen würden, denn der Pfad war zu schmal für ihre großen Körper und sie hassen es, irgendwo zu Fuß hinzugehen.

Nach ein paar Minuten erkundete ich den Weg und stellte fest, dass sie anscheinend abgereist waren.

Dann machten wir uns auf den Weg hinunter ins Tal, da wir keine weitere Begegnung mit dieser großen Horde grausamer und rücksichtsloser Kreaturen riskieren wollten.

KAPITEL III

Der Pfad verlief steil und oft gefährlich, denn er führte im Zickzack die Wand eines fast senkrecht abfallenden Felsens hinunter. Gelegentlich mussten wir an einem Felsvorsprung über das Skelett eines Mannes steigen, und wir kamen an drei frisch verstorbenen Leichen in verschiedenen Stadien der Verwesung vorbei.

"Was hältst du von diesen Skeletten und Leichen?", fragte Pan Dan Chee.

"Ich bin verwirrt", antwortete ich; "es muss sehr viel mehr sein, die auf dem Pfad gestorben sind, als die, deren Überreste wir hier gesehen haben. Du wirst bemerken, dass diese alle auf Felsvorsprüngen liegen, wo die Körper beim Sturz liegen geblieben sein könnten. Es müssen noch viel mehr am Fuß der Klippe gelandet sein."

"Aber wie sind sie deiner Meinung nach zu Tode gekommen?", fragte Llana.

"Es könnte eine Seuche im Tal ausgebrochen sein", schlug Pan Dan Chee vor, "und diese armen Teufel starben beim Versuch zu fliehen."

"Ich habe nicht die geringste Ahnung, was die Erklärung sein könnte", erwiderte ich. "Man sieht bei den meisten von ihnen die Überreste von Harnischen, aber keine Waffen. Ich bin geneigt zu glauben, dass Pan Dan Chee Recht hat, wenn er annimmt, dass sie versucht haben zu fliehen, aber ob durch eine Krankheitsepidemie oder etwas anderes, werden wir wohl nie erfahren."

Von unserem schwindelerregenden Standpunkt auf dem unsicheren Pfad aus hatten wir einen hervorragenden Blick auf das Tal unter uns. Es wirkte eben und gut bewässert und die Monotonie des scharlachroten Grases, das auf dem Mars dort wächst, wo es Wasser gibt, wurde durch Wälder unterbrochen, das Ganze bot einen erstaunlichen Anblick für einen, der mit diesem sterbenden Planeten vertraut ist.

Es gibt Feldfrüchte und Bäume und andere Vegetation entlang von Kanälen; es gibt Rasenflächen und Gärten in den Städten, wo Bewässerung vorhanden ist; aber nie habe ich einen solchen Anblick gesehen, außer im Tal Dor am Südpol, wo das vergessene Meer von

Korus liegt. Denn hier gab es nicht nur ein weites, fruchtbares Tal, sondern auch Flüsse und mindestens einen See, den ich in der Ferne erkennen konnte; und dann lenkte Llana unsere Aufmerksamkeit auf eine Stadt, strahlend weiß, mit hoch aufragenden Türmen.

"Was für eine schöne Stadt", stellte sie fest. "Ich frage mich, was für Menschen dort leben?"

"Wahrscheinlich jemand, der nichts lieber täte, als uns die Kehle durchzuschneiden", erwiderte ich.

"Wir Orovars sind nicht so", stellte Pan Dan Chee fest, "wir hassen es, Menschen zu töten. Warum hassen sich alle anderen Spezies auf dem Mars so?"

"Ich glaube nicht, dass es der Hass ist, der sie dazu bringt, sich gegenseitig zu töten", meinte ich. "Es ist, dass es zu einer Gewohnheit geworden ist. Seit dem Austrocknen der Meere vor Ewigkeiten ist das Überleben immer schwieriger geworden; und in all diesen Zeitaltern haben sie sich so sehr an den Kampf ums Dasein gewöhnt, dass es nun zur zweiten Natur geworden ist, alle Fremden zu töten."

"Ich würde trotzdem gerne das Innere dieser Stadt sehen", warf Llana von Gathol ein.

"Deine Neugierde wird wohl nie befriedigt werden", erwiderte ich.

Wir standen einige Zeit auf einem Felsvorsprung und blickten auf dieses wunderschöne Tal hinunter, wahrscheinlich einer der schönsten Anblicke auf dem ganzen Mars. Wir sahen mehrere Herden der kleinen Thoats, die von den roten Marsianern als Reittiere und zur Ernährung genutzt werden. Es gibt einen kleinen Unterschied in der Sattel- und Schlachttierart, aber auf diese Entfernung konnten wir nicht erkennen, um welche es sich handelt. Wir sahen dort unten auch Wildtiere, und wir, die so lange ohne gutes Fleisch gewesen waren, kamen in Versuchung.

"Lasst uns hinuntergehen", schlug Llana vor; "wir haben keine Menschen gesehen und wir brauchen nicht in die Nähe der Stadt zu gehen; sie ist weit weg. Ich würde so gerne die Schönheiten des Tals näher sehen."

"Und ich würde gerne etwas gutes rotes Fleisch bekommen", sagte ich.

"Und ich auch", stimmte Pan Dan Chee zu.

"Mein besseres Urteilsvermögen sagt mir, dass es eine Dummheit wäre", erwiderte ich, "aber wenn ich immer meinem besseren Urteilsvermögen gefolgt wäre, wäre mein Leben ein sehr langweiliges gewesen."

"Jedenfalls", meinte Llana, "wissen wir nicht, dass es unten auf dem Talboden gefährlicher ist als oben am Rande des Kammes. Wir haben dort oben jedenfalls nur knapp eine Menge Ärger verpasst, und der könnte immer noch hier lauern."

Das glaubte ich nicht; obwohl ich schon erlebt habe, dass grüne Marsianer ein paar rote Männer tagelang jagten. Wie auch immer, das Ergebnis unserer Diskussion war, dass wir weiter hinunter in die Talsohle gingen.

Rund um den Fuß der Klippe, wo der Pfad endete, gab es ein Durcheinander von menschlichen Knochen und ein paar übel zugerichtete Körper - arme Teufel, die entweder auf dem Pfad oben gestorben oder hier unten in den Tod gestürzt waren. Ich fragte mich, wie und warum.

Zu unserem Glück lag die Stadt in einer solchen Entfernung, dass uns von dort aus sicher niemand sehen konnte; und da wir die marsianischen Gepflogenheiten kannten, hatten wir nicht die Absicht, uns ihr zu nähern; und es hätte uns auch nicht sonderlich interessiert, wenn es ungefährlich gewesen wäre, denn die Talsohle war in ihrem natürlichen Zustand so hinreißend schön, dass der Anblick und die Geräusche einer Stadt einen unangenehmen Eindruck gemacht hätten.

Nicht weit von uns entfernt befand sich ein kleiner Fluss, und jenseits davon reichte ein Wald bis an seinen Rand. Wir überquerten den Fluss auf der scharlachroten Grasnarbe, die von grasenden Herden gestutzt und von vielen Blumen mit überirdischer Schönheit gesäumt war.

Ein kurzes Stück flussabwärts graste eine Herde Thoats. Pan Dan Chee schlug vor, dass wir den Fluss überqueren sollten, damit er den Schutz des Waldes nutzen konnte, um nahe genug heranzukommen, um ein Tier zu erlegen.

Der Fluss wimmelte nur so von Fischen, und als wir hinüberwateten, spießte ich mehrere mit meinem langen Schwert auf.

"Wenigstens werden wir Fisch zum Abendessen haben", sagte ich, "und wenn Pan Dan Chee Glück hat, werden wir ein Steak bekommen."

"Und im Wald sehe ich Früchte und Nüsse", bemerkte Llana. "Was für ein Festmahl wir haben werden!"

"Wünscht mir Glück", rief Pan Dan Chee, als er den Wald betrat, um sich in Richtung der Thoats vorzuarbeiten.

Llana und ich schauten zu, aber wir sahen den jungen Orovaran erst wieder, als er aus dem Wald sprang und etwas auf den nächsten Thoat, einen jungen Stier, schleuderte.

Das Tier schrie auf, rannte ein paar Meter, taumelte und fiel, während der Rest der Herde davon galoppierte.

"Wie hat er das gemacht?", wollte Llana wissen.

"Ich weiß es nicht", antwortete ich, "er tat es so schnell, dass ich nicht sehen konnte, was er warf. Ein Speer war es sicher nicht, denn er hat keinen, und wenn es sein Schwert gewesen wäre, hätten wir es sehen können."

"Es sah aus wie ein kleiner Stock", meinte Llana.

Wir sahen, wie Pan Dan Chee Steaks aus seiner Beute schnitt; und bald kehrte er zu uns zurück und trug genug Fleisch für ein Dutzend Leute.

"Wie hast du den Thoat erlegt?", fragte Llana.

"Mit meinem Dolch", antwortete Pan Dan Chee.

"Das hast du wunderbar gemacht", bemerkte ich, "aber wo hast du das gelernt?"

"Dolchwerfen ist eine Sportart in Horz. Wir sind alle gut darin, aber ich habe zufällig in den letzten drei Jahren die Trophäe des Jeddak gewonnen; daher war ich mir meines Zwecks ziemlich sicher, als ich dir anbot, einen Thoat zu besorgen, obwohl ich den Dolch noch nie zum Töten von Wild benutzt hatte. Sehr, sehr selten gibt es in Horz einen Zweikampf; und wenn, dann wählen die Kontrahenten gewöhnlich den Dolch, es sei denn, einer von ihnen ist weitaus geübter als der andere."

Während Pan Dan Chee und ich Feuer machten und den Fisch und die Steaks zubereiteten, sammelte Llana Früchte und Nüsse; so hatten wir eine köstliche Mahlzeit, und als die Nacht kam, legten wir uns auf die weiche Grasnarbe und schliefen.

KAPITEL IV

Wir schliefen lange, denn wir waren in der Nacht zuvor sehr müde gewesen. Ich spießte ein paar frische Fische auf, und wir hatten wieder Fisch und Steaks und Obst und Nüsse zum Frühstück.

Dann machten wir uns auf den Weg zu dem Pfad, der aus dem Tal herausführt.

"Das wird ein furchtbarer Aufstieg", meinte Pan Dan Chee.

"Oh, ich wünschte, wir müssten ihn nicht machen", sagte Llana; "Ich hasse es, diesen schönen Ort zu verlassen."

Meine Aufmerksamkeit wurde plötzlich auf das untere Ende des Tals gelenkt.

"Vielleicht musst du es nicht verlassen, Llana", antwortete ich. "Schau!"

Sowohl sie als auch Pan Dan Chee drehten sich um und schauten in die Richtung, die ich angedeutet hatte, um zweihundert Krieger zu sehen, die auf Thoats ritten. Die Männer waren ebenholzschwarz und ich fragte mich, ob es die berüchtigten Schwarzen Piraten von Barsoom sein könnten, die ich vor vielen Jahren am Südpol kennengelernt und bekämpft hatte - die Leute, die sich selbst die Erstgeborenen nannten.

Sie galoppierten heran und umzingelten uns; ihre Speere in der Hand, bereit für jeden denkbaren Einsatz.

"Wer seid ihr?", fragte ihr Anführer. "Was macht ihr im Tal der Erstgeborenen?"

"Wir sind den Pfad heruntergekommen, um einer Horde grüner Männer auszuweichen", antwortete ich. "Wir wollten gerade gehen. Wir sind in Frieden gekommen; wir wollen keinen Krieg, aber wir sind immer noch drei Schwertkämpfer, die bereit sind, eine gute Vorstellung zu präsentieren."

"Ihr werdet mit uns nach Kamtol kommen müssen", sagte der Anführer.

"Die Stadt?", fragte ich. Er nickte.

Ich riss mein Schwert aus der Scheide.

"Halt!", rief er. "Wir sind zweihundert; ihr seid drei. Wenn du in die Stadt kommst, gäbe es wenigstens eine Chance, dass du nicht getötet wirst; wenn du hier bleibst und kämpfst, wirst du getötet."

Ich zuckte mit den Schultern. "Das ist für mich unerheblich", erwiderte ich. "Llana von Gathol möchte die Stadt sehen, und ich würde genauso gerne gehen und kämpfen. Pan Dan Chee, was sagst du und Llana?"

"Ich würde gerne die Stadt sehen", sagte Llana, "aber ich werde kämpfen, wenn ihr kämpft. Vielleicht", fügte sie hinzu, "werden sie nicht unfreundlich zu uns sein."

"Ihr werdet eure Waffen abgeben müssen", erklärte der Anführer.
Das gefiel mir nicht und ich zögerte.

"Entweder das oder der Tod", entschied der Anführer. "Komm!
Ich kann nicht den ganzen Tag hier stehen."

Nun, Widerstand war zwecklos; und es schien töricht, unser Leben zu opfern, wenn auch nur die entfernteste Hoffnung bestünde, dass wir in Kamtol gut aufgenommen würden, und so wurden wir auf den Rücken von drei Thoats hinter ihren Reitern mitgenommen und machten uns auf den Weg in die schöne weiße Stadt.

Der Ritt zur Stadt verlief unspektakulär, aber er gab mir eine ausgezeichnete Gelegenheit, unsere Entführer genauer zu studieren. Sie gehörten zweifelsohne derselben Spezies an wie Xodar, der Dator der Erstgeborenen von Barsoom, um ihm seinen vollen Titel zu geben, welcher erst mein Feind und dann mein Freund während meiner seltsamen Abenteuer unter den Heiligen Therns gewesen war. Sie sind eine außerordentlich ansehnliche Spezies, schlank und kräftig, mit intelligenten Gesichtern und Zügen, die so exquisit gestaltet sind, dass selbst Adonis sie hätte beneiden können. Ich bin ein Virginier, und es mag seltsam erscheinen, dass ich das sage, aber ihre schwarze Haut, die poliertem Ebenholz ähnelt, trägt sehr zu ihrer Schönheit bei. Der Harnisch und das Metall unserer Entführer war identisch mit dem der Schwarzen Piraten, deren Bekanntschaft ich auf den Goldenen Klippen oberhalb des Valley Dor gemacht hatte.

Meine Bewunderung für dieses Volk machte mich nicht blind für die Tatsache, dass sie eine grausame und rücksichtslose Spezies sind und dass unsere Lebenserwartung durch unsere Gefangennahme auf ein Minimum reduziert wurde.

Kamtol erfüllte sein Versprechen ohne Abstriche. Bei näherer Betrachtung sah es genauso schön aus wie aus der Ferne. Seine reinweiße Außenmauer weist kunstvolle Steinmetzarbeiten auf, ebenso wie die Fassaden vieler seiner Gebäude. Anmutige Türme erheben sich über die breiten Alleen, die, als wir die Stadt betraten, reichlich Menschen bevölkerten. Unter den Schwarzen sahen wir eine Reihe von roten Männern, die niedere Arbeiten verrichteten. Es war offensichtlich, dass sie als Sklaven arbeiteten, und ihre Anwesenheit deutete auf das Schicksal hin, das uns erwarten würde.

Ich kann nicht sagen, dass ich mit großer Begeisterung der Möglichkeit entgegensah, dass John Carter, Prince of Helium, Warlord of Mars, ein Straßenreiniger oder ein Müllsammler werden könnte. Eine Sache, die mir in Kamtol besonders auffiel, war, dass die Residenzen nicht auf zylindrischen Säulen errichtet waren, wie es in den meisten modernen Marsstädten der Fall ist, wo das Meucheln zu einer feinen Kunst entwickelt wurde und wo Meuchelmördergilden offen florieren und ihre Mitglieder durch die Straßen stolzieren wie einst die Gangster in Chicago.

Schwer bewacht wurden wir in ein großes Gebäude gebracht und dort wurden wir getrennt. Ich wurde in einen Raum gebracht und saß auf einem Stuhl mit dem Rücken zu einer seltsam aussehenden Maschine, deren Front mit unzähligen Anzeigen bedeckt war. Eine Anzahl von stark isolierten Kabeln lief von verschiedenen Teilen des Apparates; Metallbänder an den Enden dieser Kabel wurden um meine Handgelenke, meine Knöchel und meinen Hals geklemmt, wobei die letztere Klemme gegen die Basis meines Schädels drückte; dann wurde etwas wie eine Zwangsjacke fest um mich geschnallt, und ich hatte das Gefühl, als ob unzählige Nadeln meine Wirbelsäule fast in ihrer ganzen Länge berührten. Ich dachte, dass ich durch einen Stromschlag getötet werden sollte, aber es schien mir, dass sie sich unnötig viel Mühe gaben, um mich zu zerstören. Ein einfacher Schwerthieb hätte es viel schneller getan.

Ein Offizier, der das Geschehen offensichtlich leitete, kam und stellte sich vor mich. "Sie werden jetzt verhört", erklärte er, "Sie werden alle Fragen wahrheitsgemäß beantworten", dann gab er einem Bediensteten ein Zeichen, der einen Schalter am Apparat umlegte.

Ich sollte also nicht durch einen Stromschlag getötet werden, sondern untersucht werden. Wofür, konnte ich mir nicht vorstellen. Ich spürte ein ganz leichtes Kribbeln im ganzen Körper, und dann begannen sie, mir Fragen zu stellen.

Es waren sechs Männer. Manchmal befragten sie mich einzeln und manchmal alle auf einmal. Zu solchen Zeiten konnte ich natürlich nicht sehr intelligent antworten, weil ich die Fragen nicht vollständig hören konnte. Manchmal sprachen sie beruhigend zu mir, dann wieder schrien sie mich wütend an; oft überhäuften sie mich mit Beleidigungen. Sie ließen mich ein paar Augenblicke ausruhen und dann betrat ein Sklave den Raum mit einem Tablett voller sehr verlockenden Speisen, die er mir anbot. Als ich es nehmen wollte, wurde es mir entrissen; und meine Peiniger lachten mich aus. Sie stachen mich mit scharfen Instrumenten, bis das Blut floss, und dann rieben sie die Wunden mit einer brennenden Lauge ein, wonach sie eine Salbe auftrugen, die den Schmerz sofort linderte. Wieder ruhte ich mich aus und wieder wurde mir Essen angeboten. Als ich keine

Anstalten machte, es zu nehmen, bestanden sie darauf und zu meiner Überraschung durfte ich es essen.

Zu diesem Zeitpunkt war ich zu dem Schluss gekommen, dass wir von einer Spezies sadistischer Verrückter gefangen genommen worden waren, und was dann geschah, bestätigte mir, dass ich Recht hatte. Meine Peiniger verließen alle den Raum. Ich saß einige Minuten da und wunderte mich über die ganze Prozedur und warum sie mich nicht hätten foltern können, ohne mich an diese erstaunliche Vorrichtung zu befestigen. Ich blickte auf eine Tür in der gegenüberliegenden Wand und plötzlich flog die Tür auf und ein riesiger Banth sprang mit einem schrecklichen Gebrüll in den Raum.

Das, dachte ich, ist das Ende, als das große Raubtier auf mich zugerast kam. So plötzlich, wie er den Raum betreten hatte, kam er ein paar Meter von mir entfernt zum Stehen, und zwar so augenblicklich, dass er zu meinen Füßen auf den Boden geworfen wurde. Erst da sah ich, dass eine Kette ihn gerade so festhielt, dass er mich nicht erreichen konnte. Ich hatte das Gefühl, dem Tod nahe zu sein - eine besonders raffinierte Form der Folter. Doch wenn das ihre Absicht gewesen sein sollte, hätten sie versagt, denn ich fürchte den Tod nicht.

Der Banth wurde an seiner Kette aus dem Raum gezerrt und die Tür geschlossen; dann trat der Untersuchungsausschuss wieder ein und lächelte mich freundlich an.

"Das ist alles", sagte der verantwortliche Offizier; "die Untersuchung ist beendet."

KAPITEL V

Nachdem mir die Gerätschaften abgenommen worden waren, wurde ich meiner Wache übergeben und zu den Gruben gebracht, wie sie in jeder Marsstadt, ob alt oder modern, zu finden sind. Diese labyrinthischen Gänge und Kammern werden zu Lagerzwecken und zur Inhaftierung von Gefangenen genutzt, ihre einzigen anderen Mieter sind die abstoßenden Ulsio.

Ich wurde in einer großen Zelle an die Wand gekettet, in der sich ein weiterer Gefangener, ein roter Marsianer, befand; und es dauerte nicht lange, bis Llana von Gathol und Pan Dan Chee hereingebracht und neben mir angekettet wurden.

"Wie ich sehe, habt ihr die Untersuchung überlebt", stellte ich fest.

"Was um alles in der Welt erwarten sie von so einer Prüfung zu lernen?", fragte Llana. "Es war dumm und albern."

"Vielleicht wollten sie herausfinden, ob sie uns zu Tode erschrecken können", schlug Pan Dan Chee vor.

"Ich frage mich, wie lange sie uns in diesen Gruben festhalten wollen", meinte Llana.

"Ich bin schon ein Jahr hier", antwortete der rote Mann. "Gelegentlich wurde ich herausgeholt und mit anderen Sklaven der Jeddak zur Arbeit eingesetzt, aber bis mich jemand kauft, bleibe ich hier."

"Dich kauft! Was meinst du damit?", fragte Pan Dan Chee.

"Alle Gefangenen gehören dem Jeddak", antwortete der rote Mann, "aber seine Adligen oder Offiziere können sie kaufen, wenn sie einen anderen Sklaven wünschen. Ich glaube, er verlangt einen zu hohen Preis für mich, denn einige Adlige haben mich angeschaut und gesagt, dass sie mich gerne haben würden."

Er schwieg einen Moment und sagte dann: "Ihr werdet mir meine Neugier verzeihen, aber zwei von euch sehen überhaupt nicht wie Barsoomer aus und ich frage mich, aus welchem Teil der Welt ihr kommt. Nur die Frau ist typisch für Barsoom; ihr beiden Männer habt weiße Haut und einer von euch schwarzes Haar und der andere gelbes."

"Hast du schon von den Orovars gehört?", fragte ich.

"Gewiss", antwortete er, "aber sie sind schon seit Ewigkeiten ausgestorben.

"Trotzdem ist Pan Dan Chee hier ein Orovar. Es gibt eine kleine Kolonie von ihnen, die in einer verlassenen Orovar-Stadt überlebt hat."

"Und du?", erkundigte er sich; "du bist kein Orovar, mit diesem schwarzen Haar."

"Nein", erklärte ich, "ich komme aus einer anderen Welt - Jasoom."

"Oh", rief er aus, "kann es sein, dass du John Carter bist?"

"Ja; und du?"

"Mein Name ist Jad-han. Ich komme aus Amhor."

"Amhor?" Fragte ich. "Ich kenne ein Mädchen aus Amhor. Ihr Name ist Janai."

"Was weißt du von Janai?", wollte er wissen.

"Du kennst sie?" Erkundigte ich mich.

"Sie war meine Schwester; sie ist schon seit Jahren tot. Während ich auf einer langen Reise außer Landes weilte, beauftragte Jal Had, Prinz von Amhor, den Mörder Ganturn Gur, meinen Vater zu töten, weil er Jal Had als Freier für Janais Hand ablehnte. Als ich nach Amhor zurückkehrte, war Janai geflohen; und später erfuhr ich von ihrem Tod. Um einer Ermordung zu entgehen, musste ich die Stadt verlassen, und nachdem ich einige Zeit umherirrte, wurde ich von den Erstgeborenen gefangen genommen. Aber sag mir, was hast du von Janai gewusst?"

"Ich weiß, dass sie nicht tot ist", antwortete ich. "Sie ist mit einem meiner vertrautesten Offiziere verheiratet und befindet sich sicher in Helium."

Jad-han überkam ein Gefühl der Freude, als er erfuhr, dass seine Schwester noch lebte.

"Nun", erklärte er, "wenn ich von hier entkommen und nach Amhor zurückkehren könnte, um meinen Vater zu rächen, würde ich glücklich sterben."

"Dein Vater ist gerächt worden", erzählte ich ihm. "Jal Had ist tot."

"Es tut mir leid, dass es mir nicht gegeben wurde, ihn zu töten", gab Jad-han zu verstehen.

"Du bist seit einem Jahr hier", sagte ich, "und du musst etwas über die Sitten der Menschen wissen. Kannst du uns verraten, welches Schicksal uns bevorstehen könnte?"

"Es gibt mehrere Möglichkeiten", antwortete er. "Ihr könnt als Sklaven arbeiten, in diesem Fall werdet ihr schlecht behandelt, dürft aber vielleicht jahrelang leben; oder ihr werdet nur für die Spiele gerettet, die in einem großen Stadion abgehalten werden. Dort werdet ihr mit Menschen oder Tieren zur Erbauung der Erstgeborenen kämpfen. Auf der anderen Seite kannst du auch jeden Moment hingerichtet werden. Alles hängt von den Launen des Doxus ab, dem Jeddak der Erstgeborenen, der meiner Meinung nach ein wenig verrückt ist."

"Wenn die alberne Untersuchung, die sie vorgenommen haben, irgendein Kriterium ist", bemerkte Llana, "dann sind sie alle verrückt."

"Sei dir da nicht zu sicher", riet Jad-han. "Wenn du den Zweck dieser Untersuchung erkennen würdest, würdest du verstehen, dass sie nicht von einem unzureichenden Verstand erdacht wurde. Hast du die toten Männer gesehen, als du das Tal betreten hast?"

"Ja, aber was haben sie mit der Untersuchung zu tun?"

"Sie haben dieselbe Prüfung abgelegt; deshalb liegen sie tot da draußen."

"Das verstehe ich nicht", sagte ich. "Bitte erkläre es mir."

"Die Maschinen, an die du angeschlossen warst, haben Hunderte deiner Reflexe aufgezeichnet; und automatisch deinen individuellen Nervenindex, der sich von dem jedes anderen Lebewesens auf der Welt unterscheidet.

"Die Hauptmaschine, die du nicht gesehen hast und nie sehen wirst, erzeugt Kurzwellenschwingungen, die genau auf deinen individuellen Nervenindex abgestimmt werden können. Wenn das geschieht, bekommst du einen so schweren Lähmungsschlag, dass du fast augenblicklich stirbst."

"Aber warum das alles, nur um ein paar Sklaven zu vernichten?", fragte Pan Dan Chee.

"Das ist nicht der einzige Grund", erklärte Jad-han. "Vielleicht war das einer der ursprünglichen Zwecke, um zu verhindern, dass die Gefangenen fliehen und dieses schöne Tal auf einem sterbenden Planeten bekannt machen. Du kannst dir vorstellen, dass fast jedes Volk es gerne besitzen würde. Aber es hat noch einen anderen Zweck; es hält Doxus an der Spitze. Bei jedem Erwachsenen im Tal wurde sein Nervenindex aufgezeichnet und er ist seinem Jeddak ausgeliefert. Man muss das Tal nicht verlassen, um ausgerottet zu werden. Ein Feind des Jeddak könnte sogar in seiner eigenen Wohnung sitzen, während das Ding ihn ausfindig macht und ihn vernichtet. Doxus ist der einzige Erwachsene in Kamtol, dessen Index nicht aufgezeichnet wurde; und er und ein anderer Mann, Myr-lo, sind die Einzigen, die genau wissen, wo sich die Meistermaschine befindet oder wie man sie bedient. Es heißt, dass sie sehr empfindlich ist und dass sie im Handumdrehen irreparabel beschädigt werden könnte - und dass sie niemals ersetzt werden kann."

"Warum kann sie nicht ersetzt werden?", fragte Llana.

"Der Erfinder davon ist tot", antwortete Jad-han. "Es heißt, dass er Doxus wegen des Zwecks, den der Jeddak mit seiner Erfindung verfolgte, hasste und dass Doxus ihn aus Angst vor ihm ermorden ließ. Myr-lo, der sein Nachfolger wurde, hat nicht das Genie, noch einmal eine solche Maschine zu entwerfen."

KAPITEL VI

In dieser Nacht, nachdem Llana eingeschlafen war, unterhielten sich Jad-han, Pan Dan Chee und ich im Flüsterton, um sie nicht zu stören.

"Es ist zu schade", sagte Jad-han, der das schlafende Mädchen betrachtet hatte; "es ist zu schade, dass sie so schön ist."

"Was meinst du damit?", fragte Pan Dan Chee.

"Heute nachmittag habt Ihr mich gefragt, was Euer Schicksal sein könnte; und ich habe Euch gesagt, was die Möglichkeiten sein könnten, aber das waren die Möglichkeiten für Euch zwei Männer. Für das Mädchen -" Er sah Llana traurig an und schüttelte den Kopf; mehr brauchte er nicht zu sagen.

Am nächsten Tag kamen einige der Erstgeborenen in unsere Zelle, um uns zu begutachten, so wie man Vieh begutachtet, das man zu kaufen beabsichtigt. Unter ihnen war einer der Offiziere des Jeddak, dem die Aufgabe zufiel, Gefangene für den höchsten Betrag, den er erzielen konnte, in die Sklaverei zu verkaufen.

Einer der Adligen fand sofort Gefallen an Llana und machte ein Angebot für sie. Sie feilschten eine Zeit lang um den Preis, aber am Ende bekam der Adlige sie.

Pan Dan Chee und ich waren untröstlich, als sie Llana von Gathol abführten, denn wir wussten, dass wir sie nie wieder sehen würden. Obwohl ihr Vater Jed von Gathol ist, fließt in ihren Adern das Blut von Helium; und die Frauen von Helium wissen, wie man sich verhält, wenn eine unfreundliche Vorsehung ihnen das Schicksal vorbehält, von dem wir wussten, dass es Llana von Gathol bestimmt war.

"Oh! an eine Wand gekettet und ohne Schwert zu sein, wenn so etwas passiert", rief Pan Dan Chee aus.

"Ich weiß, wie du dich fühlst", gab ich zu verstehen; "aber wir sind noch nicht tot, Pan Dan Chee, und unsere Chance könnte noch kommen."

"Wenn sie kommt, werden wir sie bezahlen lassen", versprach er.

Zwei Adlige boten um mich, und schließlich wurde ich einem Dator namens Xaxak zugeschlagen. Meine Fesseln wurden entfernt, und der Agent des Jeddak ermahnte mich, ein guter und fügsamer Sklave zu sein.

Xaxak hatte ein paar Krieger bei sich, und sie liefen auf beiden Seiten von mir, als wir die Gruben verließen. Ich war das Objekt beträchtlicher Neugierde, als wir uns auf den Weg zu Xaxaks Palast machten, der in der Nähe des Palastes des Jeddak stand. Meine weiße Haut und meine grauen Augen erregen immer Kommentare in Städten, in denen ich nicht bekannt bin. Natürlich bin ich durch die Sonne gebräunt, aber trotzdem ist meine Haut nicht so kupferrot wie die der roten Menschen auf Barsoom.

Bevor ich in die Sklavenquartiere des Palastes gebracht werden sollte, befragte mich Xaxak. "Wie ist dein Name?", fragte er.

"Dotar Sojat", antwortete ich. Es ist der Name, den mir die grünen Marsmenschen gaben, die mich gefangen nahmen, als ich zum ersten Mal auf den Mars kam, denn es waren die Namen der ersten beiden grünen Marsmenschen, die ich im Zweikampf getötet hatte; und es ist eine Art Ehrentitel. Ein Mann mit einem einzigen Namen, einem O-Mad, wird nicht sehr hoch angesehen. Ich war immer froh, dass es bei zwei Namen blieb, denn hätte ich den Namen jedes grünen Marskriegers, den ich in einem Duell getötet hatte, annehmen müssen, hätte es eine Stunde gedauert, sie alle auszusprechen.

"Hast du Dator gesagt?", fragte Xaxak. "Sag mir nicht, dass du ein Prinz bist!"

"Ich habe Dotar gesagt", antwortete ich. Ich gab meinen richtigen Namen nicht preis, denn ich hatte Grund zu der Annahme, dass er den Erstgeborenen bekannt war, und sie hatten guten Grund, mich für das zu hassen, was ich ihnen im Tal Dor angetan hatte.

"Woher kommst du?", wollte er wissen.

"Ich habe kein Land", antwortete ich; "ich bin ein Panthan."

Da diese Glücksritter keinen festen Wohnsitz haben, sondern von Stadt zu Stadt wandern und ihre Dienste und Schwerter jedem anbieten, der sie anstellen will, sind sie die einzigen Männer, die ungestraft in fast jede Marsstadt gehen können.

"Oh, ein Panthan", sprach er. "Ich nehme an, du denkst, du bist ziemlich gut mit dem Schwert."

"Ich habe schon Schlimmeres erlebt", antwortete ich.

"Wenn ich dich für gut hielte, würde ich dich bei den kleineren Spielen anmelden", sagte er; "aber du hast mich viel Geld gekostet, und ich möchte nicht das Risiko eingehen, dass du getötet wirst."

"Ich glaube nicht, dass Sie sich darüber Sorgen machen müssen", gab ich ihm zu verstehen.

"Du bist dir deiner Sache ziemlich sicher", stellte er fest. "Nun, dann wollen wir mal sehen, was Du tun kannst. Bringt ihn hinaus in den Garten", wies er die beiden Krieger an. Xaxak folgte uns hinaus zu einem offenen Sandfleck.

"Gib ihm dein Schwert", befahl er einem der Krieger, und zum anderen sagte er: "Greife ihn an, Ptang, aber nicht auf Leben und Tod", dann wandte er sich an mich. "Es geht nicht um den Tod, Sklave, du verstehst. Ich will nur sehen, wie gut du bist. Jeder von euch darf Blut vergießen, aber nicht töten."

Ptang war, wie alle anderen Schwarzen Piraten von Barsoom, denen ich begegnet bin, ein ausgezeichneter Schwertkämpfer - kühl, schnell und tödlich. Er kam auf mich zu mit einem schwachen, hochmütigen Lächeln auf den Lippen.

"Es ist kaum fair, mein Prinz", erklärte er Xaxak, "ihn gegen einen der besten Schwertkämpfer von Kamtol einzusetzen."

"Das ist der einzige Weg, auf dem ich feststellen kann, ob er überhaupt etwas taugt oder nicht", erwiderte Xaxak. "Wenn er dich ausreizt, wird er sicher gut genug sein, um an den Kleinen Spielen teilzunehmen. Er könnte sogar seinen Preis für mich zurückgewinnen."

"Wir werden sehen", erwiderte Ptang und kreuzte die Schwerter mit mir.

Bevor er merkte, was geschah, hatte ich ihn in die Schulter gestochen. Er sah sehr überrascht aus, und das Lächeln verließ seine Lippen.

"Ein Versehen", gab er von sich, "das wird nicht wieder vorkommen", und dann stach ich ihn in die andere Schulter. Jetzt machte er einen fatalen Fehler; er wurde wütend. Wut mag zwar die Offensive eines Mannes verstärken, aber sie schwächt seine Verteidigung. Ich habe das schon tausendmal erlebt, und wenn ich einen Gegner schnell erledigen will, versuche ich immer, ihn wütend zu machen.

"Komm, komm! Ptang", sagte Xaxak; "kannst du nicht eine bessere Vorstellung als diese gegen einen Sklaven machen?"

Damit kam Ptang auf mich zu, mit Blut im Auge, und ich sah dort nichts, was nach einem Wunsch nach einem Rosarot aussah - Ptang war darauf aus, mich zu töten.

"Ptang!", schnappte Xaxak; "töte ihn nicht."

Daraufhin lachte ich; und zog Blut aus Ptangs Brust. "Habt ihr keine richtigen Schwertkämpfer in Kamtol?", fragte ich spöttisch.

Xaxak und sein anderer Krieger waren sehr still. Ich erhaschte gelegentlich einen Blick auf ihre Gesichter, und sie sahen etwas mürrisch aus. Ptang kam wie ein wütender Stier auf mich zu, mit einem

Hieb, der mir den Kopf abgehackt hätte, wenn er getroffen hätte. Er traf jedoch nicht, und ich durchbohrte seine Muskeln am linken Arm.

"Sollten wir nicht lieber aufhören", fragte ich Xaxak, "bevor dein Mann verblutet?"

Xaxak antwortete nicht; aber mir wurde die ganze Angelegenheit langweilig und ich wollte sie beenden; also zog ich Ptang in einen Ausfallschritt und ließ sein Schwert quer durch den Garten fliegen.

"Ist das jetzt genug?", wollte ich wissen.

Xaxak nickte. "Ja", bestätigte er, "das ist genug."

Ptang war einer der überraschtesten und niedergeschlagensten Männer, die ich je gesehen habe. Er stand einfach da und starrte mich an, ohne sich zu rühren, um seine Klinge zu holen. Ich hatte großes Mitleid mit ihm.

"Du brauchst dich nicht zu schämen, Ptang", sagte ich ihm. "Du bist ein hervorragender Schwertkämpfer, aber was ich dir angetan habe, kann ich mit jedem Mann in Kamtol machen."

"Ich glaube es", stellte er fest. "Du magst ein Sklave sein, aber ich bin stolz, mit dir die Schwerter gekreuzt zu haben. Die Welt hat noch nie einen besseren Schwertkämpfer gesehen."

"Davon bin ich überzeugt", versicherte Xaxak, "und ich kann mir vorstellen, dass du viel Geld für mich verdienen wirst, Dotar Sojat."

KAPITEL VII

Xaxak behandelte mich so, wie ein reicher Pferdebesitzer auf der Erde einen angehenden Derby-Sieger behandeln würde. Ich wurde in der Kaserne seiner persönlichen Garde einquartiert, wo ich als Gleicher behandelt wurde. Er beauftragte Ptang, dafür zu sorgen, dass ich ein angemessenes Maß an Bewegung und Schwertkampf bekam; und ich nehme an, dass er auch dafür sorgte, dass ich nicht versuchte zu fliehen. Und jetzt war meine einzige Sorge das Schicksal von Llana von Gathol und Pan Dan Chee, über deren Aufenthaltsort und Zustand ich nichts wusste.

Zwischen Ptang und mir entwickelte sich so etwas wie eine Freundschaft. Er bewunderte meine Schwertkunst und pflegte damit vor den anderen Kriegern zu prahlen. Anfangs waren sie geneigt, ihn zu kritisieren und zu verspotten, weil er von einem Sklaven besiegt worden war; also schlug ich vor, dass er seinen Kritikern anbieten sollte, zu sehen, ob sie es bei mir besser machen könnten.

"Das kann ich nicht tun", meinte er, "ohne Xaxaks Erlaubnis; denn wenn dir etwas zustößt, würde ich dafür verantwortlich gemacht werden."

"Mir wird nichts zustoßen", versicherte ich ihm; "niemand sollte das besser wissen als du."

Er lächelte ein wenig reumütig. "Du hast recht", fuhr er fort, "aber trotzdem muss ich Xaxak fragen;" und das tat er, als er den Dator das nächste Mal sah.

Um Ptangs größere Freundschaft zu gewinnen, hatte ich ihm einige der feineren Punkte der Schwertkunst beigebracht, die ich in zwei Welten und in tausend Duellen und Schlachten gelernt hatte; aber keineswegs lehrte ich ihn alle meine Tricks, noch konnte ich ihm die Kraft und Beweglichkeit vermitteln, die mir meine irdischen Muskeln auf dem Mars verleihen.

Xaxak sah uns beim Schwertkampf zu, als Ptang ihn fragte, ob ich es mit einigen seiner Kritiker aufnehmen könnte. Xaxak schüttelte den Kopf. "Ich habe Angst, dass Dotar Sojat verletzt werden könnte", erklärte er.

"Ich garantiere, dass ich das nicht sein werde", teilte ich ihm mit.

"Gut", meinte er; "dann fürchte ich, dass du einige meiner Krieger töten könntest."

"Ich verspreche, das nicht zu tun. Ich werde ihnen einfach zeigen, dass sie nicht so lange durchhalten können wie Ptang."

"Das könnte ein guter Sport sein", sagte Xaxak. "Wer sind diejenigen, die dich kritisiert haben, Ptang?"

Ptang nannte ihm die Namen von fünf Kriegern, die in ihrem Spott und ihrer Kritik besonders giftig gewesen waren, und Xaxak schickte sofort nach ihnen.

"Ich verstehe", sprach Xaxak, als sie sich versammelt hatten, "dass ihr Ptang verurteilt habt, weil er in einem Zweikampf mit diesem Sklaven besiegt wurde. Glaubt einer von euch, dass ihr es besser machen könnt als Ptang? Wenn ja, dann ist hier eure Chance."

Sie versicherten ihm fast im Chor, dass sie es sehr viel besser machen könnten.

"Wir werden sehen", gab er zu bedenken, "aber ihr müsst alle verstehen, dass niemand getötet werden darf und dass ihr aufhören müsst, wenn ich das Wort gebe. Das ist ein Befehl."

Sie versicherten ihm, dass sie mich nicht töten würden, und dann schwadronierten die ersten von ihnen auf mich zu. Einen nach dem anderen, in schneller Folge, schlug ich jedem in die rechte Schulter und entwaffnete ihn.

Ich muß sagen, dass sie es sehr anständig aufnahmen; alle außer einem von ihnen, einem Kerl namens Ban-tor, der Ptangs heftigster Kritiker gewesen war.

"Er hat mich ausgetrickst", grollte er. "Lass mich noch einmal an ihn heran, mein Dator; und ich werde ihn töten." Er war so wütend, dass seine Stimme zitterte.

"Nein", erwiderte Xaxak; "er hat dir Blut abgenommen und dich entwaffnet und damit bewiesen, dass er der bessere Schwertkämpfer ist. Wenn das auf einen Trick zurückzuführen ist, dann handelt es sich um einen Trick in der Schwertkunst, den du gut beherrschen müsstest, bevor du versuchst, Dotar Sojat zu töten."

Der Kerl murrte immer noch, als er mit den anderen vier wegging; und mir wurde klar, dass alle diese Erstgeborenen meine nominellen Feinde waren, aber dieser Kerl, Ban-tor, hatte einen aktiven Charakter. Ich dachte jedoch nicht weiter darüber nach, da ich für Xaxak zu wertvoll war, als dass jemand seinen Unmut riskieren würde, indem er mir etwas antat; und ich sah auch keine Möglichkeit, wie der Kerl mich verletzen könnte.

"Ban-tor hat mich schon immer nicht gemocht", erzählte Ptang, nachdem alle gegangen waren. "Er mag mich nicht, weil ich ihn immer in der Schwertkunst und im Kraftakt übertroffen habe, und außerdem ist er ein geborener Unruhestifter. Wenn er nicht mit Xaxaks Frau verwandt wäre, würde der Dator ihn nicht um sich haben wollen."

Da ich mich bereits mit einem angehenden Derbysieger verglichen hatte, könnte ich die Analogie ebenso gut fortsetzen, indem ich ihre Kleinen Spiele als kleine Wettkämpfe beschreibe. Sie werden etwa einmal in der Woche in einem Stadion innerhalb der Stadt abgehalten, und hier lassen die reichen Adligen ihre Krieger oder Sklaven gegen die anderer Adliger in Kraftakten, im Boxen, im Ringen und im Duell antreten. Es werden große Geldsummen eingesetzt, und die Aufregung ist groß. Die Duelle werden nicht immer auf Leben und Tod ausgetragen, da die Adligen vorher genau festlegen, worauf sie ihre Wetten platzieren wollen. Normalerweise geht es um das erste Blut oder die Entwaffnung; aber es gibt immer mindestens ein Duell auf Leben und Tod, das man mit dem Hauptlauf eines Wettrennens oder dem Hauptereignis eines Boxturniers vergleichen könnte.

Kamtol hat eine Bevölkerung von etwa zweihunderttausend Menschen, von denen vielleicht fünftausend Sklaven sind. Da mir große Freiheit gewährt wurde, kam ich viel in der Stadt herum, wobei mich Ptang immer begleitete, und ich war so beeindruckt von der Knappheit der Kinder, dass ich Ptang fragte, woran das läge.

"Das Tal der Erstgeborenen kann nur etwa zweihunderttausend Menschen bequem ernähren", antwortete er; "deshalb werden nur so viele Kinder zugelassen, wie nötig sind, um die Todesfälle zu ersetzen. Wie du vielleicht erraten hast, wenn du dir unsere Leute ansiehst, werden die Alten und sonst Untauglichen eliminiert; so dass wir etwa fünfundsechzigtausend kämpfende Männer und etwa doppelt so viele gesunde Frauen und Kinder haben. Es gibt hier zwei Fraktionen, von denen die eine behauptet, dass die Zahl der Frauen stark verringert werden sollte, damit die Zahl der kämpfenden Männer erhöht werden kann, während die andere Fraktion darauf besteht, dass, da wir nicht von irgendwelchen mächtigen Feinden bedroht werden, fünfundsechzigtausend kämpfende Männer ausreichend sind.

"So seltsam es auch erscheinen mag, die meisten Frauen gehören der ersten Fraktion an; ungeachtet der Tatsache, dass diese Fraktion, die an eine Verringerung der Zahl der Frauen glaubt, dies tun würde, indem sie eine weitaus größere Zahl von Eiern ausbrüten ließe und alle geschlüpften Weibchen und ebenso viele der erwachsenen Frauen tötete, wie es Männchen beim Ausbrüten gab. Das liegt wahrscheinlich daran, dass jede Frau denkt, dass sie zu begehrenswert ist, um getötet zu werden, und dass dieses Schicksal einer anderen Frau zufallen wird. Doxus glaubt an die Beibehaltung des Status quo, aber ein zukünftiger Jeddak könnte anders denken; und selbst Doxus könnte seine Meinung ändern, die, im Vertrauen gesagt, sehr schwankend ist."

Mein Ruhm als Schwertkämpfer verbreitete sich bald unter den fünfundsechzigtausend kämpfenden Männern von Kamtol, und die Meinungen über meine Fähigkeiten waren höchst ungleichmäßig verteilt. Vielleicht ein Dutzend Männer von Kamtol hatten meinen Schwertkampf gesehen und waren bereit, mich gegen jeden zu unterstützen; aber alle übrigen der fünfundsechzigtausend fühlten, dass sie mich im Einzelkampf übertreffen könnten; denn dies ist eine Spezies von Kämpfern, die alle äußerst stolz auf ihr Können und ihre Tapferkeit sind.

Eines Tages trainierte ich mit Ptang im Garten, als Xaxak mit einem anderen Dator kam, den er Nastor nannte. Als Ptang sie kommen sah, pfiff er. "Ich habe Nastor hier noch nie gesehen", sagte er in einem tiefen Tonfall. "Xaxak hat keine Verwendung für ihn, und im übrigen hasst dieser Mann Xaxak. Warte!" rief er aus; "ich habe eine Idee, warum er hier ist. Wenn sie nach dem Schwertkampf fragen, lass mich dich entwaffnen. Ich werde dir später sagen, warum."

"Sehr gut", antwortete ich, "und ich hoffe, es wird dir etwas nützen."

"Es ist nicht für mich", erklärte er, "es ist für Dator Xaxak."

Als die beiden sich uns näherten, hörte ich Nastor sagen: "Das ist also euer großer Schwertkämpfer! Ich möchte wetten, dass ich Männer habe, die ihn jederzeit übertreffen könnten."

"Ihr habt ausgezeichnete Männer", bemerkte Xaxak, "dennoch denke ich, dass mein Mann sich gut schlagen würde. Wie hoch ist die Wette, die Ihr eingehen wollt?"

"Du hast meine Männer kämpfen sehen", antwortete Nastor, "aber diesen Burschen habe ich noch nie in Aktion gesehen. Ich würde ihn gerne in Aktion sehen; dann werde ich wissen, ob ich einen Einsatz wagen oder gewähren soll."

"Nun gut", stimmte Xaxak zu, "das ist nur fair", dann wandte er sich an uns. "Ihr werdet dem Dator Nastor eine Vorführung eurer Schwertkunst geben, Dotar Sojat, aber nicht auf Leben und Tod - versteht ihr?"

Ptang und ich zogen unsere Schwerter und stellten uns einander gegenüber. "Vergiss nicht, worum ich dich gebeten habe", flüsterte er, und dann ging es los.

Ich erinnerte mich nicht nur daran, worum er gebeten hatte, sondern erkannte jetzt auch, warum er es verlangt hatte; und so zeigte ich eine ganz gewöhnliche Schwertkunst, gerade gut genug, um mich zu behaupten, bis ich mich von Ptang entwaffnen ließ.

"Er ist ein ausgezeichneter Schwertkämpfer", sagte Nastor, wissend, dass er log, aber nicht wissend, dass wir es wussten; "aber ich würde sogar Geld darauf wetten, dass mein Mann ihn töten kann."

"Du meinst ein Duell auf Leben und Tod?", fragte Xaxak. "Dann werde ich eine Quote verlangen; denn ich wollte nicht, dass mein Mann beim ersten Kampf bis zum Tode kämpft."

"Ich werde Euch zwei zu eins geben", schlug Nastor vor, "sind diese Quoten zufriedenstellend?"

"Vollkommen", gab Xaxak zu. "Wie viel willst du wetten?"

"Tausend Tanpi auf deine fünfhundert", antwortete Nastor. Ein Tanpi entspricht etwa einem Dollar in amerikanischem Geld.

"Ich möchte mehr als genug gewinnen, um den Sorak meiner Frau zu finanzieren", antwortete Xaxak.

Nun, ein Sorak ist ein kleines sechsbeiniges, katzenähnliches Tier, das von vielen Marsianerinnen als Haustier gehalten wird; was Xaxak also gesagt hatte, war gleichbedeutend damit, Nastor zu sagen, dass wir uns nicht um Hühnerfutter streiten wollten. Ich konnte sehen, dass Xaxak versuchte, Nastor zu verärgern; damit er leichtsinnig wettete, und da wusste ich, dass er geahnt haben musste, dass Ptang und ich eine Show abzogen, als ich mich von Ptang so leicht entwaffnen ließ.

Nastor stieß einen wütenden Blick aus. "Ich wollte dich nicht berauben", erwiderte er; "aber wenn du dein Geld wegwerfen willst, kannst du die Höhe der Wette nennen."

"Nur um es interessant zu machen", schlug Xaxak vor, "wette ich fünfzigtausend Tanpi gegen deine hunderttausend."

Das brachte Nastor für einen Moment ins Wanken; aber er muss daran gedacht haben, wie leicht Ptang mich entwaffnet hatte, denn schließlich nahm er den Köder an. "Erledigt", sagte er, "und es tut mir leid für dich und deinen Mann", womit er sich höflich heuchelnd auf dem Absatz umdrehte und ohne ein weiteres Wort ging.

Xaxak sah ihm mit einem halben Lächeln auf den Lippen nach, und als er gegangen war, wandte er sich an uns. "Ich hoffe, ihr habt nur ein kleines Spiel gespielt", sagte er, "denn wenn nicht, habt ihr mich vielleicht fünfzigtausend Tanpi gekostet."

"Ihr braucht Euch nicht zu sorgen, mein Prinz", sagte Ptang.

"Ich mache mir keine Sorgen, solange Dotar Sojat sich keine Sorgen macht", antwortete der Dator.

"Es ist immer ein Glücksspiel in einem solchen Unternehmen wie diesem", wendete ich ein; "aber ich denke, dass du sehr viel besser weggekommen bist, da die Wetten in die andere Richtung hätten gehen müssen."

"Wenigstens hast du mehr Vertrauen als ich", sagte Xaxak, der Dator.

KAPITEL VIII

Ptang erzählte mir, dass er noch nie ein größeres Interesse an einem Duell auf Leben und Tod erlebt hatte, als nach der Ankündigung der Wette zwischen Xaxak und Nastor. "Kein gewöhnlicher Krieger wird Nastor vertreten", sagte er. "Er hat einen Dator überredet, für ihn zu kämpfen, einen Mann, der als der beste Schwertkämpfer in Kamtol gilt. Sein Name ist Nolat. Ich habe noch nie erlebt, dass ein Fürst gegen einen Sklaven kämpft; aber man sagt, dass Nolat Nastor viel Geld schuldet und dass Nastor die Schulden streichen wird, wenn Nolat gewinnt, wovon Nolat überzeugt ist - er ist sich so sicher, dass er seinen Palast verpfändet hat, um Geld für die Wette zu sammeln."

"Das ist doch gar nicht so dumm von ihm", meinte ich; "denn wenn er verliert, wird er keinen Palast brauchen."

Ptang lachte. "Ich hoffe, er braucht ihn nicht", bemerkte er; "aber sei nicht zu zuversichtlich, denn er gilt als der beste Schwertkämpfer unter den Erstgeborenen; und es soll in ganz Barsoom keine besseren Schwertkämpfer geben."

Bevor der Tag kam, an dem ich gegen Nolat kämpfen sollte, wurden Xaxak und Ptang immer nervöser, ebenso wie alle Krieger von Xaxak, die ein persönliches Interesse an mir zu haben schienen - mit Ausnahme von Ban-tor, dessen Feindschaft ich durch seine Entwaffnung geweckt hatte.

Ban-tor hatte eine Reihe von Wetten gegen mich abgeschlossen, mit denen er ständig prahlte und darauf bestand, dass ich Nolat nicht gewachsen sei und in Kürze getötet werden würde.

Ich schlief in einem kleinen Zimmer allein auf alten, ausrangierten Fellen, wie es sich für einen Sklaven gehörte. Mein Zimmer schloss sich an das von Ptang bewohnte an und hatte nur eine Tür, die in Ptangs Zimmer führte. Es befand sich im zweiten Stock des Palastes und bot einen Blick auf das untere Ende des Gartens.

In der Nacht vor der Begegnung wurde ich durch ein Geräusch in meinem Zimmer geweckt, und als ich die Augen öffnete, sah ich einen Mann mit einem Schwert in der Hand aus dem Fenster springen; aber da keiner der beiden Monde des Mars am Himmel stand, war es nicht hell genug, um sicher zu sein, dass ich ihn erkennen konnte; dennoch war etwas sehr Vertrautes an ihm.

Am nächsten Morgen erzählte ich Ptang von meinem nächtlichen Besucher. Keiner von uns beiden konnte sich jedoch vorstellen, war-

91

um jemand heimlich in mein Zimmer eindringen wollte, da ich nichts zu stehlen hatte.

"Es könnte ein Attentäter gewesen sein, der den Kampf beenden wollte", schlug Ptang vor.

"Das bezweifle ich", erklärte ich; "denn er hatte reichlich Gelegenheit, mich zu töten, da ich erst aufwachte, als er durch das Fenster sprang."

"Du hast nichts vermisst?", fragte Ptang.

"Ich hatte nichts zu vermissen", antwortete ich, "außer meinem Harnisch und meinen Waffen, und die trage ich jetzt."

Ptang schlug schließlich vor, dass der Kerl vielleicht dachte, dass eine Sklavin im Zimmer schlief; und als er seinen Irrtum erkannte, verabschiedete er sich; und damit ließen wir die Angelegenheit aus unseren Köpfen fallen.

Wir gingen um die vierte Zode zum Stadion, und wir gingen mit Stil - tatsächlich war es ein regelrechter Festumzug. Da waren Xaxak und seine Frau mit ihren Sklavinnen und Xaxaks Offiziere und Krieger. Wir saßen alle auf prächtig geschmückten Thoats; Wimpel wehten über uns, und berittene Trompeter gingen uns voraus. Nastor war mit demselben Gefolge da. Wir zogen alle um die Arena, begleitet von "Kaors!" und Knurren - die Kaors waren Beifall und das Knurren waren Buhrufe. Ich erhielt sehr viel mehr Knurren als Kaors, denn schließlich war ich ein Sklave, der gegen einen Prinzen antrat, einen Mann ihres eigenen Blutes.

Es gab einige Ring- und Boxkämpfe und eine Reihe von Duellen nur um das erste Blut, aber worauf das Volk wartete, war das Duell auf Leben und Tod. Die Menschen sind sich überall sehr ähnlich. Auf der Erde gehen sie zu Boxkämpfen in der Hoffnung auf Blut und ein K.O.; sie gehen zu Ringkämpfen in der Hoffnung, jemanden aus dem Ring geworfen und verletzt zu sehen; und wenn sie zu Autorennen gehen, hoffen sie, einen Todesfall zu sehen. Sie werden diese Dinge nicht zugeben, aber ohne das Element der Gefahr und das Risiko des Todes würden diese Sportarten nicht so viele Leute anziehen.

Endlich war der Moment gekommen, in dem ich die Arena betreten durfte, und ich tat es vor einem sehr vornehmen Publikum. Doxus, Jeddak der Erstgeborenen, war mit seinem Jeddara da. Die Logen und Boxen wurden von der Noblesse von Kamtol bevölkert. Es bot sich ein prächtiges Schauspiel; die Gewänder der Männer und Frauen glänzten voller Edelmetalle und Juwelen, und von jedem Aussichtspunkt wehten Wimpel und Banner.

Nolat wurde in die Loge des Jeddak geführt und vorgestellt, dann in die Loge von Xaxak, wo er sich verbeugte, und zuletzt in die Loge von Nastor, für den er mit einem Fremden bis zum Tod kämpfte.

Da ich ein Sklave war, wurde ich dem Jeddak nicht vorgeführt, aber ich wurde vor Nastor gebracht, damit er mich als denjenigen identifizieren konnte, gegen den er seine Wetten abgeschlossen hatte. Das war natürlich eine reine Formalität, aber in Übereinstimmung mit den Regeln der Spiele.

Ich hatte nur einen kurzen Blick auf Nastors Gefolge erhascht, als wir um die Arena herumgezogen waren, denn es befand sich direkt hinter uns; aber jetzt konnte ich einen guten Blick auf sie werfen, als ich in der Arena vor Nastor stand, und ich sah Llana von Gathol dort neben dem Dator sitzen. Jetzt, in der Tat, würde ich den Mann von Nastor töten!

Llana von Gathol keuchte und begann, mit mir zu sprechen; aber ich schüttelte den Kopf, denn ich fürchtete, sie würde mich beim Namen nennen, was hier bei den Erstgeborenen einem Todesurteil gleichkäme. Zu meiner Überraschung erkannte mich keiner dieser Männer; denn meine weiße Haut und meine grauen Augen machen mich zu einem gezeichneten Mann, und wenn einer von ihnen im Valley Dor gewesen wäre, als ich dort weilte, hätten sie sich an mich erinnern müssen. Ich sollte später erfahren, warum mich keiner dieser Schwarzen Piraten von Barsoom kannte.

"Warum hast du das getan, Sklave?", fragte Nastor.

"Was getan?" Erkundigte ich mich.

"Den Kopf schütteln", antwortete er.

"Vielleicht bin ich nervös", antwortete ich.

"Und das ist auch gut so, Sklave, denn du wirst gleich sterben", schnauzte er mich böse an.

Ich wurde dann zu einem Punkt in der Arena gebracht, der der Loge des Jeddak gegenüberlag. Ptang begleitete mich, als eine Art Sekundant, nehme ich an. Man ließ uns dort einige Minuten lang allein stehen, vermutlich um meine Nerven zu beruhigen; dann kam Nolat in Begleitung eines anderen edlen Dators. Es gab noch einen fünften Mann, den man vielleicht als Schiedsrichter hätte bezeichnen können, obwohl er nicht viel zu tun hatte, außer das Signal zum Beginn des Duells zu geben.

Nolat wies eine große, kräftige Statur auf; gebaut wie ein Kämpfer. Ein sehr stattlicher Mann, aber mit einer hochmütigen, überheblichen Miene. Ptang hatte mir gesagt, dass wir uns vor dem Kampf mit unseren Schwertern begrüßen sollten, und sobald ich in Position war, salutierte ich; aber Nolat grinste nur und sagte: "Komm, Sklave! Du bist im Begriff zu sterben."

"Du hast einen Fehler gemacht, Nolat", rief ich, als wir uns gegenseitig angriffen.

"Was meinst du?", wollte er wissen und stürzte sich auf mich.

"Du hättest besser salutieren sollen", antwortete ich und parierte seinen Ausfallschritt. "Jetzt wird es härter für dich werden - es sei denn, du möchtest stehen bleiben und mir salutieren, wie du es zuerst hättest tun sollen."

"Unverschämter Calot!", knurrte er und stieß bösartig nach mir.

Als Antwort schnitt ich ihm eine Wunde in die linke Wange. "Ich habe dir gesagt, du hättest salutieren sollen", spottete ich.

Da wurde Nolat wütend und kam auf mich zu mit der offensichtlichen Absicht, die Begegnung sofort zu beenden. Ich schlitzte ihm die andere Wange auf, und einen Moment später ritzte ich ihm ein blutiges Kreuz auf die linke Brust, ein schwieriges Manöver, das außergewöhnliche Gewandtheit und Geschicklichkeit erforderte, denn seine rechte Seite war mir immer zugewandt; oder hätte es sein sollen, wenn er schnell genug gewesen wäre, um meiner Fußarbeit zu folgen.

Das Publikum schwieg wie ein Grab, abgesehen von den Kaors aus Xaxaks Kontingent. Nolat blutete stark, und er hatte sich stark verlangsamt.

Plötzlich rief jemand: "Tod!" Dann griffen andere Stimmen diesen Ruf auf. Sie wollten den Tod; und da es ganz offensichtlich war, dass Nolat mich nicht töten konnte, nahm ich an, dass sie wollten, dass ich ihn töte. Stattdessen entwaffnete ich ihn und ließ seine Klinge durch die halbe Arena fliegen. Der Kampfrichter rannte hinterher; endlich hatte ich ihm etwas zu tun gegeben.

Ich wandte mich an Nolats Sekundanten. "Ich biete dem Mann sein Leben an", sagte ich in einem Tonfall, der laut genug war, um in jedem Teil des Stadions gehört werden zu können.

Sofort ertönten Rufe von "Kaor!" und "Tod!" Die "Todes"-Rufe waren in der Überzahl.

"Er bietet dir dein Leben an, Nolat", erklärte der Sekundant.

"Aber der Einsatz muss genau so bezahlt werden, als ob ich dich getötet hätte", sagte ich.

"Es geht um den Tod", sagte Nolat. "Ich werde kämpfen."

Nun, er war ein tapferer Mann; und deshalb hasste ich es, ihn zu töten.

Inzwischen hatte er sein Schwert zurück, und wir fielen wieder übereinander her. Diesmal lächelte Nolat nicht, und er hatte keine bösen Bemerkungen zu machen. Er kämpfte in tödlichem Ernst um sein Leben, wie eine in die Enge getriebene Ratte. Ich denke aber nicht, dass er der beste Schwertkämpfer unter den Erstgeborenen war, denn ich hatte schon viele von ihnen kämpfen sehen, und ich hätte ein Dutzend nennen können, die ihn ohne Weiteres hätten töten können.

Ich hätte ihn jederzeit selbst töten können, wenn ich es gewollt hätte, aber irgendwie konnte ich mich nicht dazu durchringen, es zu tun. Es schien mir eine Schande zu sein, einen so guten Schwertkämpfer und einen so tapferen Mann zu töten; also stach ich ihn ein paar Mal und entwaffnete ihn wieder. Das Gleiche tat ich noch drei weitere Male; und dann, während der Schiedsrichter wieder hinter Nolats Schwert herlief, trat ich zur Loge des Jeddak und salutierte.

"Was tust du hier, Sklave?", fragte ein Offizier der Jeddak-Wache.

"Ich bin gekommen, um nach dem Leben von Nolat zu fragen", antwortete ich. "Er ist ein guter Schwertkämpfer und ein tapferer Mann - und ich bin kein Mörder; und es wäre ein Mord, ihn jetzt zu töten."

"Das ist eine seltsame Bitte", bemerkte der Doxus; "das Duell sollte bis zum Tode gehen; es muss weitergehen."

"Ich bin ein Fremder hier", erklärte ich, "aber wo ich herkomme, wird, wenn ein Teilnehmer Betrug oder Schikane nachweisen kann, ihm die Entscheidung zugesprochen, ohne dass er den Wettkampf beenden muss."

"Willst du damit andeuten, dass es Betrug oder Schikane von Seiten des Dator Nastor oder des Dator Nolat gegeben hat?", fragte Doxus.

"Ich will damit sagen, dass ein Mann letzte Nacht in mein Zimmer eindrang, während ich schlief, mein Schwert nahm und ein kürzeres in der Scheide zurückließ. Dieses Schwert ist einige Zoll kürzer als das von Nolat; ich habe es bemerkt, als wir uns zum ersten Mal begegneten. Es ist nicht mein Schwert, wie Xaxak und Ptang bezeugen können, wenn sie es untersuchen wollen."

Der Doxus rief Xaxak und Ptang herbei und fragte sie, ob sie das Schwert identifizieren könnten. Xaxak sagte, dass er es nur als aus seiner Waffenkammer stammend identifizieren könne; dass er das Schwert, das mir ausgehändigt worden war, nicht kenne, aber Ptang schon; dann wandte sich Doxus an Ptang.

"Ist das jenes Schwert, das dem Sklaven Dotar Sojat gegeben wurde?", wollte er wissen.

"Nein, das ist es nicht", antwortete Ptang.

"Erkennst du es?"

"Ja, ich erkenne es."

"Wem gehörte es denn?"

"Es ist das Schwert eines Kriegers namens Ban-tor", antwortete Ptang.

KAPITEL IX

Doxus blieb nichts anderes übrig, als mir den Wettbewerb zuzusprechen; und er ordnete auch an, dass alle Wetten ausgezahlt werden sollten, gerade so, als ob ich Nolat getötet hätte. Das gefiel Nastor nicht, ebenso wenig wie die Tatsache, dass Doxus ihn dazu brachte, Xaxak in Anwesenheit des Jeddak hunderttausend Tanpi zu zahlen; dann schickte er nach Ban-tor.

Doxus war wütend; denn die Erstgeborenen hielten ihre Ehre als Kämpfer sehr hoch, und das, was getan worden war, war ein Schandfleck auf den Wappenschildern aller.

"Ist das der Mann, der gestern Abend in dein Zimmer kam?", fragte er mich.

"Es war dunkel; und ich habe nur seinen Rücken gesehen; der Kerl hatte etwas Vertrautes an sich, aber ich konnte ihn nicht eindeutig identifizieren."

"Hast du irgendwelche Wetten auf diesen Wettkampf abgeschlossen?", erkundigte er sich bei Ban-tor.

"Ein paar kleine, Jeddak", gab der Mann zur Antwort.

"Auf wen?"

"Auf Nolat."

Doxus wandte sich an einen seiner Offiziere: "Ruft alle zusammen, mit denen Ban-tor eine Wette auf diesen Wettkampf abgeschlossen hat."

Ein Sklave wurde um die Arena herumgeschickt und verbreitete die Botschaft; und bald versammelten sich fünfzig Krieger vor Doxus' Loge. Ban-tor schien sehr unglücklich zu sein, denn von jedem der fünfzig Krieger erfuhr Doxus, dass Ban-tor mit jedem von ihnen große Summen gewettet hatte, in einigen Fällen sogar mit extrem hohen Quoten.

"Du dachtest, du würdest auf eine sichere Sache wetten, nicht wahr?", erkundigte sich Doxus.

"Ich dachte, dass Nolat gewinnen würde", erklärte Ban-tor, "es gibt keinen besseren Schwertkämpfer in Kamtol."

"Und du warst dir sicher, dass er gegen einen Gegner mit einem kürzeren Schwert gewinnen würde. Du bist eine Schande; du hast die Erstgeborenen entehrt. Zur Strafe wirst du jetzt mit Dotar Sojat kämpfen", dann wandte er sich an mich. "Du darfst ihn töten; und bevor du ihn angreifst, werde ich selbst dafür sorgen, dass dein Schwert genauso lang ist wie seins; obwohl es nur gerecht wäre, wenn er gezwungen sein würde, mit dem kürzeren Schwert zu kämpfen, das er dir gegeben hat."

"Ich werde ihn nicht töten", antwortete ich, "aber ich werde ihm ein Mal verpassen, das er sein Leben lang tragen muss, um alle Menschen daran zu erinnern, dass er ein Schurke ist."

Als wir begannen, vor der Loge des Jeddak Platz zu nehmen, hörte ich, wie Wetten angeboten wurden, mit einer Quote von hundert zu eins, dass ich gewinnen würde, und später erfuhr ich, dass sogar tausend zu eins angeboten wurden, ohne dass jemand darauf einging; dann, als wir uns gegenüberstanden, hörte ich Nastor rufen: "Ich werde keine Wette eingehen, aber ich werde Ban-tor fünfzigtausend Tanpi geben, wenn er den Sklaven tötet." Es schien, dass der edle Dator zornig auf mich war.

Ban-tor war kein schlechter Gegner; denn er war nicht nur ein guter Schwertkämpfer, sondern er kämpfte um sein Leben und fünfzigtausend Tanpi. Diesmal versuchte er keine überstürzte Taktik, sondern kämpfte vorsichtig, meist in der Defensive, und wartete darauf, dass ich eine kleine falsche Bewegung machte, die ihm eine Öffnung verschaffen würde; aber ich machte keine falschen Bewegungen. Er war es, der die falsche Bewegung machte; er stach zu, nach einer Finte, in dem Glauben, mich aus dem Gleichgewicht zu bringen.

Ich bin nie aus dem Gleichgewicht. Meine Klinge bewegte sich doppelt so schnell wie das Licht und hinterließ einen X-Schnitt tief in der Mitte von Ban-tors Stirn; dann entwaffnete ich ihn.

Ohne ihn noch einmal anzuschauen, ging ich zu Doxus' Loge. "Ich bin zufrieden", sagte ich. "Die Narbe dieses Kreuzes ein Leben lang zu tragen, ist Strafe genug. Für mich wäre das noch viel schlimmer als der Tod."

Doxus nickte zustimmend und ließ dann die Trompeten blasen, um das Ende der Spiele zu verkünden, worauf er sich wieder an mich wandte.

"Aus welchem Land kommst du?", erkundigte er sich.

"Ich habe kein Land; ich bin ein Panthaner", gab ich zur Antwort; "mein Schwert ist an den Meistbietenden zu verkaufen."

"Ich werde dich kaufen und dadurch auch dein Schwert erwerben", sagte der Jeddak. "Was hast du für diesen Sklaven bezahlt, Xaxak?"

"Einhundert Tanpi", antwortete mein Besitzer.

"Du hast ihn zu billig bekommen", sagte Doxus; "ich werde dir fünfzig Tanpi für ihn geben."

Es gibt nichts Vergleichbareres, als ein Jeddak zu sein!

"Es ist mir ein Vergnügen, ihn dir zu schenken", erklärte Xaxak großmütig; ich hatte ihm ja schon hunderttausend Tanpi eingebracht, und er musste einsehen, dass es unmöglich sein würde, jemals wieder eine Wette gegen mich abzuschließen.

Ich begrüßte diesen Herrschaftswechsel, denn er würde mich in den Palast des Jeddak führen, und ich hegte einen verrückten Plan, um den Weg für unsere eventuelle Flucht zu ebnen, der nur dann erfolgreich sein konnte, wenn ich Zugang zum Palast erhielt - das heißt, wenn meine Schlussfolgerungen richtig waren.

So kam John Carter, Prinz von Helium, Warlord von Barsoom, in den Palast von Doxus, Jeddak der Erstgeborenen, als Sklave; aber ein Sklave mit einem guten Ruf. Die Krieger der Jeddak-Wache behandelten mich mit Respekt, ich bekam ein anständiges Zimmer und einer von Doxus' vertrauten Unteroffizieren wurde für mich verantwortlich gemacht, so wie es Ptang im Palast von Xaxak gewesen war.

Ich war etwas ratlos, warum Doxus mich erworben hatte. Er muss doch wissen, dass er kein Geldduell für mich arrangieren konnte, denn wer wäre so dumm, einen Mann oder eine Wette gegen einen zu setzen, der mehrere der besten Schwertkämpfer von Kamtol wie Anfänger aussehen ließ?

Am nächsten Tag fand ich es heraus. Doxus schickte nach mir. Er war allein in einem kleinen Raum, als ich hineingeführt wurde, und er entließ sofort den Krieger, der mich begleitet hatte.

"Als du das Tal betreten hast", begann er, "hast du viele Skelette gesehen, nicht wahr?"

"Ja", antwortete ich.

"Diese Männer sind bei einem Fluchtversuch gestorben", sagte er. "Es wäre unmöglich, dass es dir besser gelingen könnte als ihnen. Ich erzähle dir das, damit du den Versuch nicht unternimmst. Du denkst vielleicht, dass du in der Verwirrung, die dann entstehen würde in dem Fall, dass du mich tötest, entkommen könntest; aber das kannst du nicht; du kannst niemals aus dem Tal der Erstgeborenen entkommen. Aber du kannst hier bequem weiterleben, wenn du willst. Alles, was du tun musst, ist, mir die Tricks der Schwertkunst beizubringen, mit denen du den besten Schwertkämpfer aller Erstgeborenen besiegt hast. Ich möchte, dass du mir das beibringst, aber ich möchte, dass der Unterricht im Geheimen stattfindet und kein Wort davon jemals über deine Lippen kommt, da du sonst auf der Stelle sterben würdest - und zwar einen sehr unangenehmen Tod, das kann ich dir versichern. Was meinst du dazu?"

"Ich kann Ihnen äußerste Diskretion versprechen", sagte ich, "aber ich kann Ihnen nicht versprechen, Sie zum größten Schwertkämpfer unter den Erstgeborenen zu machen; das wird ein wenig von Ihren eigenen Fähigkeiten abhängen. Ich werde Sie jedoch unterrichten."

"Du sprichst nicht gerade wie ein armer Panthaner", sagte er. "Du sprichst zu mir wie zu einem Mann, der es gewohnt ist, mit Jeddaks zu sprechen - und zwar als ein Gleicher."

"Sie müssen vielleicht noch viel darüber lernen, ein Schwertkämpfer zu sein", bemerkte ich, "aber ich muss noch mehr darüber lernen, ein Sklave zu sein."

Er grunzte daraufhin, stand dann auf und bedeutete mir, ihm zu folgen. Wir gingen durch eine kleine Tür hinter dem Schreibtisch, an dem er gesessen hatte, und eine Rampe hinunter, die zu den Gruben unterhalb des Palastes führte. Am Fuße der Rampe betraten wir einen großen, gut beleuchteten Raum, in dem sich Aktenkoffer, eine Couch, mehrere Bänke und ein mit Schreib- und Zeichengeräten übersäter Tisch befanden.

"Dies ist eine geheime Wohnung", sagte Doxus. "Außer mir hat nur eine Person Zutritt dazu. Wir werden hier nicht gestört werden. Dieser andere Mann, von dem ich sprach, ist mein vertrautester Diener. Er mag gelegentlich hereinkommen, aber er wird unser kleines Geheimnis nicht ausplaudern. Machen wir uns an die Arbeit. Ich kann den Tag kaum erwarten, an dem ich die Schwerter mit einigen dieser egoistischen Adligen kreuzen werde, die meinen, sie seien wirklich große Schwertkämpfer. Die werden sich wundern!"

KAPITEL X

Nun, ich hatte nicht die Absicht, Doxus alle meine Tricks in der Schwertkunst zu offenbaren; obwohl ich es hätte tun können, soweit es um eine Gefahr für mich selbst ging, denn er konnte es nie mit mir aufnehmen; weil er niemals mit meiner Kraft oder Beweglichkeit mithalten könnte.

Ich hatte ihn gerade darin geübt, einen Gegner zu entwaffnen, als sich eine Tür gegenüber der, durch die wir den Raum betreten hatten, öffnete und ein Mann hereinkam. Während der kurzen Zeit, in der die Tür offen blieb, sah ich dahinter einen hell erleuchteten Raum und erhaschte einen Blick auf etwas, das eine erstaunlich komplizierte Maschine zu sein schien.

Ihre Oberfläche war mit Skalen, Schaltknöpfen und anderen Vorrichtungen bedeckt - alles erinnerte an die Maschine, an die ich während der seltsamen Untersuchung, die ich bei meiner Ankunft in der Stadt erhalten hatte, angeschlossen wurde.

Als der Neuankömmling mich erblickte, schaute er überrascht. Hier war ich, ein völlig Fremder und offensichtlich ein Sklave, der dem Jeddak der Erstgeborenen mit einer blanken Klinge in meiner Hand gegenüberstand. Sofort holte der Kerl eine Radiumpistole hervor, aber der Doxus kam einer Tragödie zuvor.

"Es ist alles in Ordnung, Myr-lo", erklärte er. "Ich nehme nur etwas Unterricht in den Feinheiten der Schwertkunst von diesem Sklaven. Sein Name ist Dotar Sojat; du wirst ihn täglich hier unten bei mir sehen. Was machst du jetzt hier unten? Ist irgendetwas passiert?"

"Ein Sklave ist letzte Nacht geflohen", berichtete Myr-lo.

"Du hast ihn natürlich erwischt?"

"Gerade eben. Er war etwa auf halber Höhe des Steilhangs, glaube ich."

"Gut!", lobte Doxus. "Weitermachen, Dotar Sojat."

Ich war so erfüllt von dem, was ich soeben gehört und gesehen hatte, und von dem, was ich dachte, dass es mir schwerfiel, mich auf meine Arbeit zu konzentrieren; sodass ich mich unabsichtlich von Doxus stechen ließ. Er war so erfreut wie der Kasper.

"Wunderbar!", rief er aus. "In einer Lektion habe ich mich so verbessert, dass ich dich berühren konnte! Das hat nicht einmal Nolat geschafft. Wir werden jetzt aufhören. Ich gebe dir die Freiheit für die Stadt. Bleib aber innerhalb der Stadtgrenzen." Er ging zum Tisch und schrieb eine Minute lang; dann reichte er mir, was er geschrieben hatte. "Nimm dies", sprach er; "es wird dir erlauben, auf allen öffentlichen Plätzen zu gehen, wohin du willst, und in den Palast zurückzukehren."

Er hatte geschrieben:

Dotar Sojat, dem Sklaven, wird die Freigabe des Palastes und der Stadt gewährt.

Doxus,

Jeddak.

Als ich in mein Quartier zurückkehrte, beschloss ich, mich jeden Tag von Doxus stechen zu lassen. Ich fand Man-lat, den Unteroffizier, der zu meiner Betreuung eingeteilt worden war, allein in seinem Zimmer, das an das meine grenzte.

"Deine Pflichten werden reduziert", sagte ich ihm.

"Was meinst du damit?", fragte er.

Ich zeigte ihm den Pass.

"Doxus muss Gefallen an dir gefunden haben", sagte er. "Ich habe noch nie erlebt, dass einem Sklaven so viel Freiheit gegeben wurde, aber Versuche nicht zu fliehen."

"Ich weiß es besser, als das zu versuchen. Ich habe die Skelette von der Spitze bis zum Boden des Steilhangs gesehen."

"Wir nennen sie Myr-lo's Babies", erklärte Man-lat; "er ist so stolz auf sie."

"Wer ist Myr-lo?", fragte ich.

"Jemand, den du wahrscheinlich nie sehen wirst", antwortete Man-lat. "Er bleibt bei seinen Töpfen und Kesseln, seinen Drehbänken und Bohrern und seinen Zeichengeräten."

"Wohnt er im Palast?", wollte ich wissen.

"Niemand weiß, wo er wohnt, es sei denn, es ist der Jeddak. Man sagt, er habe eine geheime Wohnung im Palast, aber davon weiß ich nichts. Was ich weiß, ist, dass er der mächtigste Mann in Kamtol ist, neben Doxus; und dass er die Macht über Leben und Tod über jeden

Mann und jede Frau im Tal der Erstgeborenen hat. Er könnte jeden von uns töten, während wir hier sitzen und reden, und wir würden nie sehen, was uns getötet hat."

Ich war jetzt noch überzeugter als zuvor, dass ich in dem geheimen Raum unter dem Palast gefunden hatte, was ich gehofft hatte, aber wie sollte ich das Wissen nutzen?

Ich nutzte sofort meine Freiheit und ging hinaus in die Stadt, von der ich in der kurzen Zeit, die ich mit Ptang unterwegs war, nur einen Teil gesehen hatte. Die Wachen am Palasttor waren genauso überrascht, als sie meinen Pass lasen, wie Man-lat es auch gewesen war. Natürlich blieb ich, ob mit oder ohne Pass, ein Feind und ein Sklave - eine Person, die mit Misstrauen und Verachtung betrachtet wurde; aber in meinem Fall wurde die Verachtung durch das Wissen gemildert, dass ich ihren Besten im Schwertkampf übertroffen hatte. Ich bezweifle, dass Sie sich vorstellen können, in welch hohem Ansehen ein großer Schwertkämpfer überall auf dem Mars steht. In seinem eigenen Land wird er verehrt, wie ein Juan Belmonte in Spanien oder ein Jack Dempsey in Amerika.

Ich hatte mich noch nicht weit vom Palast entfernt, als ich zufällig nach oben blickte und zu meiner Überraschung eine Anzahl von Fliegern sah, die auf die Stadt zustürzten. Die Erstgeborenen, die ich im Tal Dor gesehen hatte, waren alle fliegende Männer gewesen; aber ich hatte vorher keine Flieger über dem Tal gesehen, und ich hatte mich gewundert.

Da Marsflugzeuge leichter als Luft sind, oder in der Tat so, weil sie diese wunderbare Entdeckung nutzen, den Abstoßungsstrahl, der sie vom Planeten wegstößt, können sie senkrecht auf einer Fläche landen, die nur wenig größer ist als sie selbst; und ich sah, dass die Flugzeuge, die ich beobachtete, in keiner großen Entfernung vom Palast in die Stadt herunterkamen.

Flieger! Ich glaube, mein Herz schlug bei ihrem Anblick ein wenig schneller. Flieger! Ein Mittel zur Flucht aus dem Tal der Erstgeborenen. Es mochte eine Menge Intrigen erfordern und würde sicherlich enorme Risiken mit sich bringen, aber wenn alles mit dem anderen Teil meines Plans klappte, würde ich einen Weg finden - und einen Flieger.

Ich machte mich auf den Weg zu dem Punkt, an dem ich die Flieger hinter den Dächern der Gebäude in meiner Nähe hatte verschwinden sehen, und endlich wurde meine Suche belohnt. Ich kam zu einem riesigen Gebäude, das etwa drei Stockwerke hoch war und auf dessen Dach ich gerade noch einen Teil eines Fliegers sehen konnte. Praktisch alle Hangars auf Barsoom befinden sich auf den Dächern von Gebäuden, normalerweise, um in überfüllten, ummauerten Städten Platz zu sparen; daher war ich nicht überrascht, einen Hangar in Kamtol an dieser Stelle zu finden.

Ich näherte mich dem Eingang des Gebäudes, entschlossen, es und einige der Flugschiffe zu inspizieren, wenn ich hineinkam. Als ich durch den Eingang schritt, versperrte mir ein Krieger mit gezücktem Schwert den Weg.

"Was glaubst du, wohin du gehst, Sklave?", fragte er.

Ich zeigte ihm meinen Ausweis.

Er schaute genauso überrascht, wie die anderen, die ihn gelesen hatten. "Hier steht die Freigabe des Palastes und der Stadt", sagte er, "da steht nicht die Freigabe der Hangars."

"Die sind doch in der Stadt, oder nicht?", forderte ich ihn auf.

Er schüttelte den Kopf. "Sie mögen in der Stadt sein, aber ich werde dich nicht einlassen. Ich rufe den Offizier."

Das tat er, und bald darauf erschien der Offizier. "So!", rief er aus, als er mich sah; "du bist der Sklave, der Nolat hätte töten können, aber sein Leben verschont hat. Was willst du hier?"

Ich reichte ihm meinen Pass. Er las ihn ein paar Mal sorgfältig durch. "Es scheint nicht möglich zu sein", sagte er, "aber dann schien deine Schwertkunst auch nicht möglich zu sein. Es fällt mir noch schwer, es zu glauben. Nolat galt doch als der beste Schwertkämpfer in Kamtol; und du hast ihn aussehen lassen wie eine alte Frau mit einem Bein. Warum willst du hierher kommen?"

"Ich will fliegen lernen", behauptete ich naiv.

Er klopfte sich auf die Schenkel und lachte darüber. "Entweder bist du dumm, oder du hältst uns Erstgeborene für dumm, wenn du auf die Idee kommst, dass wir einem Sklaven das Fliegen beibringen würden."

"Nun, ich würde mir die Flieger trotzdem gerne ansehen", sagte ich. "Das kann ja nicht schaden. Ich habe mich schon immer für sie interessiert."

Er dachte einen Moment nach; dann sagte er: "Nolat ist mein bester Freund; du hättest ihn töten können, aber du hast dich geweigert. Dafür lasse ich dich jetzt herein."

"Danke", antwortete ich.

Der erste Stock des Gebäudes war größtenteils mit Werkstätten belegt, in denen Flieger gebaut oder repariert wurden. Die zweite und dritte Etage waren vollgepackt mit Fluggeräten, vor allem mit den kleinen, schnellen, für die die Schwarzen Piraten von Barsoom bekannt sind. Auf dem Dach befanden sich vier große Schlachtschiffe; und unter ihnen waren eine Reihe kleiner Flieger geparkt, für die in den Etagen darunter offensichtlich kein Platz zur Verfügung stand.

Der Gebäudekomplex musste sich über mehrere Hektar erstrecken; es war also eine enorme Anzahl von Flugzeugen dort untergebracht. Ich konnte sie jetzt sehen, wie ich sie Jahre zuvor gesehen hatte, wie sie wie wütende Moskitos über den Goldenen Klippen des Heiligen Therns schwärmten; aber was taten sie hier? Ich hatte angenommen, dass die Erstgeborenen nur im Tal Dor lebten, obwohl die Mehrheit der Barsoomer immer noch glaubt, dass sie von Thuria, dem näheren Mond, kommen. Diese Theorie hatte ich widerlegt gesehen, als Xodar, ein Schwarzer Pirat, fast an Sauerstoffmangel erlag, nachdem ich auf der Flucht vor ihnen zu hoch aufstieg, und Thuvia und ich den Therns entkamen, und zwar während des Kampfes mit den Schwarzen Piraten. Wenn ein Mensch nicht ohne Sauerstoff leben kann, kann er nicht in einem offenen Flieger zwischen Thuria und Barsoom hin und her fliegen.

Der Offizier hatte einen Krieger mit mir mitgeschickt, als Vorsichtsmaßnahme gegen Sabotage, nehme ich an; und ich fragte diesen Burschen, warum ich keine Flugschiffe in der Luft gesehen hatte, seit ich hierher gekommen war, außer den wenigen, die ich an diesem Tag wahrnahm.

"Wir fliegen meistens nachts", antwortete er, "damit unsere Feinde nicht sehen können, wo wir starten und wo wir landen. Diejenigen, die du vor ein paar Minuten herankommen sahst, waren Besucher aus Dor. Das kann bedeuten, dass wir in den Krieg ziehen, und ich hoffe es. Wir haben schon lange keine Städte mehr überfallen. Wenn es ein großer Raubzug werden soll, müssen sich die aus Dor und die aus Kamtol zusammenschließen."

Ein paar schwarze Piraten aus dem Tal Dor! Jetzt könnte ich in der Tat erkannt werden.

KAPITEL XI

Als ich mich vom Hangargebäude entfernte, drehte ich mich um und schaute zurück, um jedes Detail der Architektur zu studieren;

dann ging ich um das gesamte Gebäude herum, das ein ganzes Geviert einnahm, mit Alleen auf allen vier Seiten. Wie fast alle marsianischen Gebäude war auch dieses stark verziert und mit detaillierten Gravuren versehen. Es stand in einem eher armen Teil der Stadt, wenn auch nicht weit vom Palast entfernt; und war von kleinen und bescheidenen Häusern umgeben. Wahrscheinlich handelte es sich um die Häuser der Handwerker, die rund um den Hangar arbeiteten. Ein wenig weiter vom Hangar entfernt begann ein Viertel mit kleinen Läden; und als ich daran vorbeiging und die ausgestellten Waren betrachtete, sah ich etwas, das mich zu einem plötzlichen Halt veranlasste, denn es deutete auf ein neues Accessoire für meine schnell formulierten Pläne zur Flucht aus dem Tal der Erstgeborenen hin - aus dem noch niemand entkommen ist. Manchmal ist es gut, wenn man sich nicht zu sehr von Präzedenzfällen leiten lässt.

Ich betrat den Laden und fragte den Besitzer nach dem Preis für den gewünschten Artikel. Es waren nur drei Teepi, das entspricht etwa dreißig Cent in amerikanischem Geld; aber mit der Information kam die Erkenntnis, dass ich kein Geld der Erstgeborenen hatte.

Das Tauschmittel auf dem Mars ist unserem nicht unähnlich, außer dass die Münzen oval sind und es nur drei gibt: die Pi, ausgesprochen pî, im Wert von etwa einem Cent; die Teepi, zehn Cent; und die Tanpi, ein Dollar. Diese Münzen sind oval, eine aus Bronze, eine aus Silber und eine aus Gold. Papiergeld wird von Einzelpersonen ausgegeben, ähnlich wie wir einen Scheck ausstellen, und wird von der Person zweimal im Jahr zurückgezahlt. Wenn ein Mann mehr ausgibt, als er einlösen kann, bezahlt die Regierung seine Gläubiger in vollem Umfang; und der Schuldner arbeitet den Betrag auf den Farmen oder in den Minen ab, die der Regierung gehören.

Ich hatte Geld von Helium im Wert von etwa fünfzig Tanpi bei mir und fragte den Besitzer, ob er einen größeren Betrag als den Wert des Artikels in ausländischer Münze annehmen würde. Da der Wert des Metalls gleich dem Wert der Münze ist, akzeptierte er gerne einen Dollar in Gold für das, was in Silber dreißig Cent wert war; und ich steckte meinen Kauf in meinen Taschenbeutel und ging fort.

Als ich mich dem Palast näherte, sah ich einen weißhäutigen Mann vor mir, der eine schwere Last auf seinem Rücken trug. Soweit ich wusste, gab es nur einen anderen weißhäutigen Mann in Kamtol, und das war Pan Dan Chee; also beeilte ich mich, ihn zu überholen.

Natürlich war es der Orovar aus Horz; und als ich hinter ihm auftauchte und ihn beim Namen rief, ließ er vor Überraschung fast seine Last fallen.

"John Carter!", rief er.

"Schweig!" mahnte ich; "mein Name ist Dotar Sojat. Wenn der Erstgeborene wüsste, dass John Carter in Kamtol ist, möchte ich nicht daran denken, was mit ihm passieren kann. Erzähle mir von dir. Was ist mit dir geschehen, seit ich dich das letzte Mal gesehen habe?"

"Ich wurde von Dator Nastor gekauft, der den Ruf hat, der härteste Herr in Kamtol zu sein. Er ist auch der Gemeinste; er hat mich nur gekauft, weil er mich billig erwerben konnte, und er hat dafür gesorgt, dass man Jad-han mit dazugegeben hat. Er lässt uns Tag und Nacht schuften und gibt uns nur sehr wenig und schlechtes Essen. Seit er hunderttausend Tanpi an Xaxak verloren hat, ist es fast so, als würde man für einen Wahnsinnigen arbeiten.

"Bei meinem ersten Vorfahren!", rief er plötzlich aus; "du warst es also, der Nolat besiegte und Nastor all das Geld verlieren ließ! Ich habe es bis eben nicht realisiert. Es hieß, der Sklave, der den Wettkampf gewonnen hatte, hieße Dotar Sojat, und das hat mir bis jetzt nichts gesagt - und ich habe es auch nur langsam begriffen."

"Hast du Llana von Gathol gesehen?", fragte ich ihn. "Sie war in Nastors Loge bei den Spielen; ich nehme also an, dass sie von ihm gekauft wurde."

"Ja, aber ich habe sie nicht gesehen", entgegnete Pan Dan Chee; "aber ich habe Klatsch und Tratsch in den Sklavenquartieren gehört; und ich bin sehr beunruhigt über das, was über den Palast geflüstert wird."

"Was hast du gehört? Ich spürte, dass sie in Gefahr war, als ich sie in Nastors Loge sah. Sie ist zu schön, um sicher zu sein."

"Am Anfang war sie sicher genug", sagte Pan Dan Chee, "denn sie wurde ursprünglich von Nastors Hauptfrau gekauft. Alles lief vergleichsweise gut für sie, bis Nastor sie bei den Spielen zu Gesicht bekam; dann versuchte er, sie seiner Frau abzukaufen. Aber sie, Van-tija, weigerte sich zu verkaufen. Nastor war wütend und sagte Van-tija, dass er Llana auf jeden Fall nehmen würde, also hat Van-tija sie in eine Wohnung oben im Turm ihres eigenen Teils des Palastes gesperrt und ihre persönlichen Wachen am einzigen Eingang platziert. Dort ist der Turm, dort", zeigte er; "vielleicht schaut Llana von Gathol jetzt auf uns herab."

106

Als ich zu dem Turm hinaufschaute, sah ich, dass er sich über einem Palast erhob, der direkt gegenüber des großen zentralen Platzes von dem des Jeddaks stand; und ich sah noch etwas - ich sah, dass die Fenster von Llanas Gemächern nicht vergittert waren.

"Glaubst du, dass Llana in unmittelbarer Gefahr ist?", wollte ich wissen.

"Ja", bestätigte er, "das tue ich. Im Palast wird gemunkelt, dass Nastor Krieger zu Van-tijas Bereich des Palastes führen und versuchen wird, den Turm zu stürmen."

"Dann haben wir keine Zeit zu verlieren, Pan Dan Chee. Wir müssen heute Nacht handeln."

"Aber was können wir zwei Sklaven tun?", fragte er. "Selbst wenn es uns gelänge, Llana aus dem Turm zu befreien, könnten wir niemals aus dem Tal der Erstgeborenen entkommen. Vergiss die Skelette nicht, John Carter."

"Vertrau mir", antwortete ich, "und nenn mich nicht John Carter. Kannst du nach Einbruch der Dunkelheit aus dem Palast von Nastor herauskommen?"

"Ich denke schon; sie sind sehr lax; denn Mord und Diebstahl sind hier praktisch unbekannt, und die geheime Maschine der Jeddak macht eine Flucht aus dem Tal unmöglich. Ich bin mir ziemlich sicher, dass ich hier herauskommen kann. Tatsächlich bin ich seit meinem Kauf jede Nacht auf Botengänge geschickt worden."

"Gut!" Sagte ich. "Jetzt hör gut zu: Komm aus dem Palast und lungere in den Schatten in der Nähe von Nastors Palast um etwa fünfundzwanzig Xats nach der achten Zode (Mitternacht, Erdzeit) herum. Nimm Jad-han mit, falls er fliehen will. Wenn mein Plan erfolgreich ist, wird ein Flieger hier auf dem Platz in deiner Nähe landen; laufe zu ihm hin und klettere an Bord. Es wird von einem Schwarzen Piraten gesteuert, aber lass dich davon nicht abschrecken. Wenn du und Jad-han euch bewaffnen könnt, dann tut das; es könnte zu Kämpfen kommen. Wenn der Flieger nicht kommt, wisst ihr, dass ich versagt habe; und ihr könnt zurück in eure Quartiere gehen und seid nicht schlechter dran. Wenn ich nicht komme, wird es sein, weil ich tot bin oder sterben werde."

"Und Llana?", fragte er. "Was ist mit ihr?"

"Meine Pläne drehen sich alle um die Rettung von Llana von Gathol", versicherte ich ihm. "Wenn ich darin versage, versage ich in allem; denn ich werde nicht ohne sie gehen."

"Ich wünschte, du könntest mir sagen, wie du das Unmögliche zu erreichen gedenkst", gab er zur Antwort. "Ich würde mich sehr viel sicherer fühlen, wenn du mir wenigstens etwas von deinen Plänen erzählen würdest."

"Gewiss", sagte ich. "In erster Linie -"

"Was treibt ihr zwei Sklaven euch hier herum?", fragte eine schroffe Stimme hinter uns. Ich drehte mich um und sah einen stämmigen Krieger an meiner Schulter. Als Antwort zeigte ich ihm meinen Ausweis vom Jeddak.

Selbst nachdem er ihn gelesen hatte, sah er so aus, als würde er es nicht glauben, aber er reichte ihn mir zurück und sagte: "Für dich ist das in Ordnung, aber was ist mit dem anderen? Hat er auch einen Passierschein vom Jeddak bekommen?"

"Das ist meine Schuld", erwiderte ich. "Ich kannte ihn, bevor wir gefangen genommen wurden, und ich habe ihn angehalten, um zu fragen, wie es ihm geht. Ich bin sicher, wenn der Jeddak es wüsste, würde er sagen, dass es in Ordnung ist, wenn ich mit einem Freund spreche. Der Jeddak war sehr nett zu mir." Ich versuchte, den Burschen mit der Tatsache zu beeindrucken, dass sein Jeddak mir gegenüber sehr freundlich gesinnt war. Ich glaube, das gelang mir.

"Nun gut", meinte er, "aber mach dich jetzt auf den Weg - der Große Platz ist kein Ort für Sklaven, die sich gegenseitig besuchen."

Pan Dan Chee hob seine Last auf und ging, und ich wollte gerade gehen, als der Krieger mich aufhielt. "Ich habe gesehen, wie du No-lat und Ban-tor bei den Spielen besiegt hast", stellte er fest. "Wir haben uns vor kurzem mit einigen unserer Freunde aus dem Tal Dor darüber unterhalten. Sie sagten, dass dort einst ein Krieger kam, der genau so ein wunderbarer Schwertkämpfer war. Sein Name war John Carter, und er hatte eine weiße Haut und graue Augen! Könnte dein Name zufällig John Carter sein?"

"Mein Name ist Dotar Sojat", antwortete ich.

"Unsere Freunde aus dem Tal Dor würden gerne John Carter finden", erklärte er; und dann drehte er sich mit einem ziemlich bösen kleinen Lächeln auf dem Absatz um und verließ mich.

KAPITEL XII

Nun war der Anlass zur Eile in der Tat um das Hundertfache gestiegen. Wenn auch nur ein einziger Mann in Kamtol den Verdacht hegte, dass ich John Carter, Prinz von Helium, sein könnte, wäre ich spätestens am nächsten Tag verloren - vielleicht sogar noch vor dem nächsten Tag. Schon als ich den Palast betrat, fürchtete ich eine Verhaftung, aber ich erreichte mein Zimmer ohne Zwischenfälle. In diesem Moment kam Man-lat herein und bei seinem Anblick erwartete ich das Schlimmste, denn er hatte mich noch nie zuvor besucht. Mein Schwert war bereit, aus der Scheide zu springen, denn ich hatte mich entschlossen, lieber kämpfend zu sterben, als mich festnehmen und entwaffnen zu lassen. Selbst jetzt, wenn Man-lat eine falsche Bewegung machen würde, könnte ich ihn töten; und es könnte immer noch eine Chance geben, dass mein Plan zur erfolgreichen Verwirklichung fortschreiten könnte.

Doch Man-lat war in einer freundlichen, fast jovialen Stimmung. "Es ist zu schade, dass du ein Sklave bist", meinte er, "denn heute Abend wird im Palast viel los sein. Doxus unterhält die Besucher aus Dor. Es wird viel zu essen und viel zu trinken geben, und es wird Unterhaltung geben. Doxus wird dich wahrscheinlich einen Schwertkampf mit einem unserer besten Schwertkämpfer vorführen lassen - nicht bis zum Tod, sondern nur für das erste Blut. Dann wird es Tanz von Sklavinnen geben; die Adligen werden ihre Schönsten vorstellen. Doxus hat Nastor befohlen, eine neue Erwerbung von ihm mitzubringen, deren Schönheit seit den letzten Spielen das Tagesgespräch in Kamtol ist. Ja, es ist zu schade, dass du nicht ein Erstgeborener bist; so könntest du den Abend in vollen Zügen genießen."

"Ich bin sicher, dass ich den Abend genießen werde", sagte ich.

"Wie denn das?", wollte er wissen.

"Hast du nicht gesagt, dass ich dabei sein werde?"

"Oh, ja; aber nur als Mitspieler. Du wirst weder mit uns essen noch trinken, und die Sklavinnen wirst du auch nicht sehen. Es ist wirklich schade, dass du kein Erstgeborener bist; du wärst uns eine Ehre gewesen."

"Ich fühle mich jedem Erstgeborenen ebenbürtig", erklärte ich, denn ich hatte die Nase voll von ihrer Arroganz und Überheblichkeit.

Man-lat sah mich mit schmerzhafter Überraschung an. "Du bist anmaßend, Sklave", stellte er fest. "Weißt du nicht, dass die Erstgeborenen von Barsoom, die euch geringeren Kreaturen manchmal als Die Schwarzen Piraten von Barsoom bekannt sind, der ältesten Spezies des Planeten angehören. Wir führen unsere Abstammung ungebrochen direkt auf den Baum des Lebens zurück, der vor dreiundzwanzig Millionen Jahren im Tal Dor gedieh.

"Über unzählige Zeitalter hinweg durchlief die Frucht dieses Baumes die allmählichen Veränderungen der Evolution, indem sie nach und nach vom echten Pflanzenleben zu einer Kombination aus Pflanze und Tier überging. In den ersten Stadien dieser Phase besaßen die Früchte des Baumes nur die Kraft der selbstständigen Muskelarbeit, während der Stamm mit der Mutterpflanze verbunden blieb; später entwickelte sich in den Früchten ein Gehirn; sodass sie, dort an ihren langen Stielen hängend, als Individuen dachten und sich bewegten.

"Dann, mit der Entwicklung der Wahrnehmungen, kam ein Verständnis dazu; Urteile wurden gefällt und verglichen, und so wurden die Vernunft und die Kraft zum Denken auf Barsoom geboren.

"Zeitalter vergingen. Viele Lebensformen kamen und gingen auf dem Baum des Lebens, aber alle waren mit der Mutterpflanze durch Stämme von unterschiedlicher Länge verbunden. Mit der Zeit bestand die Frucht auf dem Baum aus winzigen Pflanzenmenschen, wie wir sie jetzt in so riesigen Dimensionen im Tal Dor reproduziert sehen; aber immer noch hingen sie an den Gliedern und Ästen des Baumes durch die Stämme, die aus den Spitzen ihrer Köpfe wuchsen.

"Die Knospen, aus denen die Pflanzenmenschen erblühten, glichen großen Nüssen von etwa einem Sofad (11,17 Erdzoll) Durchmesser, die durch doppelte Trennwände in vier Abschnitte unterteilt waren. In einer Sektion wuchs der Pflanzenmensch, in einer anderen ein sechzehnbeiniger Wurm, in der dritten der Stammvater des weißen Affen und in der vierten der urzeitliche schwarze Mensch von Barsoom."

"Als die Knospe platzte, baumelte der Pflanzenmann noch am Ende seines Stiels; aber die drei anderen Abschnitte fielen zu Boden, wo die Befreiungsversuche ihrer eingeschlossenen Insassen sie in alle Richtungen herumhüpfen ließen.

"So war im Laufe der Zeit ganz Barsoom von diesen gefangenen Kreaturen bedeckt. Unzählige Zeitalter lang lebten sie ihr langes Leben in ihren harten Hüllen, hüpften und sprangen über den weiten Planeten, fielen in Flüsse, Seen und Meere, um sich noch weiter über die Oberfläche der neuen Welt zu verteilen.

"Unzählige Milliarden starben, bevor der erste schwarze Mann durch seine Gefängnismauern ans Licht des Tages brach. Von Neugier getrieben, brach er weitere Hüllen auf; und die Besiedlung von Barsoom begann.

"Der reine Stamm des Blutes dieses ersten schwarzen Menschen ist durch die Vermischung mit dem anderer Kreaturen unbefleckt geblieben; aber aus dem sechzehnbeinigen Wurm, dem ersten weißen Affen und abtrünnigen schwarzen Menschen ist jede andere Lebensform auf Barsoom hervorgegangen."

Ich hoffte, dass er damit fertig war, denn ich hatte das alles schon oft gehört; aber ich wagte natürlich nicht, es ihm zu sagen. Ich wünschte mir, er würde gehen - nicht, dass ich irgendetwas tun könnte, bevor die Dunkelheit hereinbrach, aber ich wollte einfach allein sein und jedes noch so kleine Detail der vor mir liegenden Nachtarbeit noch einmal überdenken.

Endlich ging er; und endlich kam die Nacht, aber ich musste immer noch untätig bleiben, bis etwa zwei Stunden vor der Zeit, zu der ich Pan Dan Chee gesagt hatte, er solle bereit sein, an Bord eines Fliegers zu steigen, der von einem Schwarzen Piraten gesteuert wurde. Ich wettete, dass er immer noch darüber rätselte.

Der Abend zog sich hin. Ich hörte Geräusche vom ersten Stock des Palastes durch den Garten, auf den sich mein Fenster öffnete - das Bankett des Jeddak schien in vollem Gange zu sein. Die Stunde Null rückte näher - und dann schlug das böse Schicksal zu. Ein Krieger kam und rief mich in den Bankettsaal!

Ich hätte ihn töten und weitergehen sollen, doch plötzlich ergriff ein Anflug von Verwegenheit von mir Besitz. Ich würde mich ihnen allen stellen, sie noch einmal den größten Schwertkämpfer zweier Welten sehen lassen und sie erkennen lassen, nachdem ich sie verlassen hatte, dass ich in jeder Hinsicht größer bin als der größte der Erstgeborenen. Ich wusste, dass es eine Dummheit sein würde, doch nun folgte ich dem Krieger in Richtung Bankettsaal; die Würfel waren gefallen und ich konnte nicht mehr umkehren.

Niemand schenkte mir Beachtung, als ich den großen Raum betrat - ich war nur ein Sklave. Vier Tische, die ein hohles Quadrat bildeten, waren mit prächtig herausgeputzten Männern und Frauen besetzt. Sie redeten und lachten; und Wein floss in Strömen, und eine kleine Armee von Sklaven trug mehr Essen und mehr Wein herbei. Einige der Gäste hatten schon einen kleinen Rausch, und es wurde deutlich, dass Doxus mit den besten von ihnen mithalten konnte. Auf der einen Seite hatte er seinen Arm um seine eigene Frau gelegt, aber auf der anderen Seite küsste er die Frau eines anderen Mannes.

Der Krieger, der mich geholt hatte, ging zum Jeddak und flüsterte ihm etwas ins Ohr, woraufhin Doxus einen großen Gong schlug, um Ruhe zu schaffen. Als sie sich beruhigt hatten, sprach er zu ihnen: "Seit Langem rühmen sich die Erstgeborenen des Tals Dor ihrer

Schwertkunst; und ich gebe zu, dass sie in Wettkämpfen bewiesen haben, dass sie uns leicht überlegen sind; aber ich habe in meinem Palast einen Sklaven, einen gewöhnlichen Sklaven, der den besten Schwertkämpfer von Dor übertreffen kann. Er ist jetzt hier, um seine wunderbaren Fähigkeiten in einem Wettkampf mit einem meiner Adligen zu zeigen; nicht bis zum Tod, sondern nur für das erste Blut - es sei denn, es gibt einen aus Dor, der glaubt, dass er diesen meinen Sklaven besiegen kann."

Ein Adliger erhob sich. "Es ist eine Herausforderung", verkündete er. "Dator Zithad ist heute Abend der beste Schwertkämpfer hier aus Dor; aber wenn er nicht gegen einen Sklaven antreten will, werde ich es für die Ehre von Dor tun. Wir haben von diesem Sklaven gehört, seit wir in Kamtol angekommen sind, wie er eure besten Schwertkämpfer besiegt hat; und ich für meinen Teil werde froh sein, sein Blut zu vergießen."

Da erhob sich Zithad, hochmütig und arrogant. "Ich habe mein Schwert nie mit dem Blut eines Sklaven besudelt", sprach er, "aber ich werde froh sein, die Schande von Kamtol zu tilgen. Wo ist der Schurke?"

Zithad! Er war Dator der Garde von Issus zur Zeit des Aufstandes der Sklaven und des Umsturzes von Issus gewesen. Er hatte guten Grund, sich an mich zu erinnern und mich zu hassen.

Als wir uns in der Mitte jenes leeren Platzes in der Banketthalle von Doxus, dem Jeddak der Erstgeborenen von Kamtol, gegenüberstanden, schaute er einen Moment lang verwirrt, dann trat er einen Schritt zurück. Er öffnete seinen Mund, um zu sprechen.

"Du hast also Angst, einen Sklaven zu treffen!" Ich verspottete ihn. "Komm! Die Leute wollen sehen, wie du mein Blut vergießt; lass uns sie nicht enttäuschen." Ich berührte ihn leicht mit meiner Spitze.

"Calot!", knurrte er und kam auf mich zu.

Er war ein besserer Schwertkämpfer als Nolat, aber ich machte einen Affen aus ihm. Ich trieb ihn um den Platz herum und hielt ihn immer in der Defensive, aber ich vergoss kein Blut - noch nicht. Er war wütend - und er hatte Angst. Das Publikum saß in atemloser Stille.

Plötzlich schrie er: "Narren! Wisst ihr nicht, wer dieser Sklave ist? Er ist -" Dann fuhr ich ihm durchs Herz.

Augenblicklich herrschte ein Tumult. Hundert Schwerter sprangen aus ihren Scheiden, aber ich wartete nicht mehr ab - ich hatte genug gesehen! Mit gezogenem Schwert rannte ich geradewegs auf die Mitte eines der Tische zu; eine Frau schrie auf. Mit einem einzigen Satz räumte ich den Tisch und die Gäste aus dem Weg und flüchtete durch die Tür in den Garten.

Natürlich waren sie sofort hinter mir her, aber ich wich ins Gebüsch aus und bahnte mir einen Weg zu einem Punkt unter meinem Fenster am unteren Ende des Gartens. Es war kaum ein Sprung von fünfzehn Fuß bis zur Fensterbank; und eine Sekunde später hatte ich mich durch mein Zimmer und eine Rampe hinunter in die untere Etage gerettet.

Es war dunkel, aber ich kannte jeden Zoll des Weges zu meinem Ziel. Ich hatte mich auf eine solche Eventualität vorbereitet. Ich erreichte den Raum, in dem der Doxus mich zum ersten Mal befragt hatte, und trat durch die Tür hinter dem Schreibtisch und die Rampe hinunter in die geheime Kammer weiter hinten.

Ich wusste, dass niemand erraten würde, wohin ich ging; und da Myr-lo zweifellos beim Bankett weilte, müsste ich in der Lage sein, mit Leichtigkeit das zu erreichen, weswegen ich hergekommen war.

Als ich die Tür in den größeren Raum öffnete, erhob sich Myr-lo von der Couch und stand mir gegenüber.

"Was tust du hier, Sklave?", herrschte er mich an.

KAPITEL XIII

Das war ein schlimmer Zwischenfall! Alles schien schief zu gehen; erst die Vorladung in den Festsaal; dann Zithad; und jetzt Myr-lo. Ich tat es nur ungern, aber es gab keinen anderen Weg.

"Zieh!" rief ich. Ich bin kein Mörder; also konnte ich ihn nur töten, wenn er ein Schwert in der Hand hatte; aber Myr-lo war nicht so ethisch - er griff nach der Radiumpistole an seiner Hüfte. Fataler Irrtum! Ich durchquerte den Zwischenraum mit einem einzigen Satz und traf Myr-lo, den Erfinder von Kamtol, mitten ins Herz.

Ohne auch nur zu warten, um das Blut von meiner Klinge abzuwischen, rannte ich in den kleineren Raum. Dort befand sich der Hauptmechanismus, der zweihunderttausend Seelen in seinem Bann hielt, die abscheuliche Erfindung, die den Rand des großen Grabens mit verrottenden Skeletten übersät hatte.

Ich sah mich um und fand ein schweres Stück Metall; dann stürzte ich mich mit aller Kraft und Begeisterung, die ich besaß, auf das gefühllose Ungetüm. In ein paar Minuten war es ein unbeschreibliches Durcheinander von verbogenen und zerbrochenen Teilen - ein totales Wrack.

Schnell rannte ich zurück in den nächsten Raum, nahm Myr-lo's Harnisch und Waffen von seinem Leichnam und entfernte meine eigenen; dann nahm ich aus meinem Taschenbeutel den Gegenstand, den ich in dem kleinen Laden gekauft hatte. Es war ein Tiegel mit der ebenholzschwarzen Creme, mit der die Frauen der Erstgeborenen die Makel auf ihrer glänzenden Haut zu verbergen pflegen.

In zehn Minuten war ich so schwarz wie der schwärzeste Schwarze Pirat, der in seinem Leben jemals etwas aufgeschlitzt hat. Ich zog Myr-lo's Harnisch und Waffen an und war, abgesehen von meinen grauen Augen, ein Edelmann der Erstgeborenen. Ich war froh, dass Myr-lo nicht beim Bankett gewesen war, denn sein Harnisch würde mir helfen, durch den Palast zu gelangen und ihn zu verlassen, eine Herausforderung, der ich nicht gerade mit Freude entgegensah, denn zuvor hatte ich den Harnisch des gewöhnlichsten aller gewöhnlichen Krieger getragen, und ich bezweifelte sehr, dass solche Männer spät in der Nacht in den Palast hinein- und hinauskamen, ohne befragt zu werden - und ich hätte auch keine Antworten gehabt.

Ich durchquerte den Palast, ohne jemandem zu begegnen, und als ich mich dem Tor näherte, fing ich an zu torkeln. Ich wollte, dass sie denken, dass ein leicht angetrunkener Gast vorzeitig das Haus verlassen würde. Ich hielt den Atem an, als ich mich den wachhabenden Kriegern näherte, aber sie salutierten nur respektvoll, und ich ging hinaus in die Alleen von Kamtol.

Mein Plan war es gewesen, die Fassade des Hangargebäudes zu erklimmen, was ich aufgrund der detaillierten Ornamente auch hätte tun können; aber das hätte wahrscheinlich einen Kampf mit der Wache auf dem Dach bedeutet, wenn ich über das Gesims geklettert wäre. Nun beschloss ich, einen anderen, wenn auch nicht weniger gefährlichen, Plan zu versuchen.

Ich schritt direkt zum Eingang. Dort stand nur ein einziger Krieger auf der Wache. Ich beachtete ihn nicht, sondern schritt hinein. Er zögerte, dann salutierte er, und ich ging weiter und die Rampe hinauf. Er war wohl beeindruckt von den prächtigen Gewändern von Myr-lo, dem Adligen.

Mein größtes Hindernis, das es jetzt zu überwinden galt, bildete die Wachmannschaft auf dem Dach, bei der ich keinen Zweifel daran hatte, dass ich mehrere Krieger vorfinden würde. Es dürfte schwierig sein, sie davon zu überzeugen, dass selbst ein Adliger um diese Zeit alleine fliegen wollte, aber als ich das Dach erreichte, kam kein einziger Krieger in Sicht.

Ich brauchte nur einen Moment, um den Flieger zu finden, den ich für das Abenteuer ausgewählt hatte, als ich zum ersten Mal dort oben stand, und nur einen weiteren Moment, um zu seinen Steuerelementen zu klettern und den sanften, leisen Motor zu starten.

Die Nacht war dunkel, kein Mond stand am Himmel, und dafür konnte ich dankbar sein. Ich stieg in einer steilen Spirale auf, bis ich hoch über der Stadt schwebte; dann nahm ich Kurs auf den Turm von Nastors Palast, in dem Llana von Gathol gefangen gehalten wurde.

Der schwarze Rumpf des Fliegers machte mich, da war ich mir sicher, in einer dunklen Nacht wie dieser von den Alleen aus unsichtbar; und ich erreichte den Turm mit der Gewissheit, dass mein ganzer Plan mit erstaunlichem Erfolg funktionierte, sogar trotz der unvorhergesehenen Zwischenfälle, die ihn in seiner Anfangsphase zu vereiteln drohten.

Als ich mich langsam den Fenstern von Llanas Wohnung näherte, hörte ich den gedämpften Schrei einer Frau und eine wütend erhobene Männerstimme. Einen Moment später berührte der Bug meines Flugschiffes die Mauer direkt unter dem Fenster; und, die Bugleine ergreifend, sprang ich über die Brüstung in die Kammer, Myr-los Schwert in der Hand.

Auf der anderen Seite des Raumes zwang ein Mann Llana von Gathol zurück auf eine Couch. Sie schlug nach ihm, und er verfluchte sie.

"Genug!", rief ich, woraufhin der Mann Llana fallen ließ und sich mir zuwandte. Es war Nastor, der Dator.

"Wer bist du?", rief er. "Was tust du hier?"

"Ich bin John Carter, Prinz von Helium", gab ich zur Antwort; "und ich bin hier, um dich zu töten."

Er hatte bereits gezogen, und unsere Schwerter kreuzten sich noch während ich sprach.

"Vielleicht erinnerst du dich besser an mich als Dotar Sojat, den Sklaven, der dich hunderttausend Tanpi gekostet hat", erinnerte ich ihn, "den Fürsten, der dich jetzt dein Leben kosten wird."

Er begann, nach der Wache zu rufen, und ich hörte das Geräusch laufender Schritte, die eine Rampe vor der Tür hinaufzukommen schienen. Ich sah, dass ich Nastor schnell erledigen musste; aber er erwies sich als ein besserer Schwertkämpfer, als ich erwartet hatte, obwohl sich die Begegnung schnell zu einem Wettrennen zu Fuß durch die Kammer entwickelte.

Die Wache kam näher, als Llana zur Tür eilte und einen schweren Riegel vorschob; und keinen Moment zu früh, denn fast sofort hörte ich das Hämmern an der Tür und die Schreie der Krieger draußen; und dann stolperte ich über ein Fell, das während des Kampfes zwischen Llana und Nastor von der Couch gefallen war, und ich fiel auf den Rücken. Sofort sprang Nastor auf mich zu, um mir durch das Herz zu stoßen. Mein Schwert richtete sich auf ihn, aber er hatte einen Vorteil. Ich war im Begriff zu sterben.

Nur Llanas schnelle Auffassungsgabe rettete mich. Sie sprang von hinten auf Nastor zu und packte ihn an den Knöcheln. Er kippte nach vorne auf mich, und mein Schwert ging durch sein Herz, wobei die Klinge zwei Fuß aus seinem Rücken ragte. Es kostete mich all meine Kraft, die Klinge freizubekommen.

"Komm, Llana!", forderte ich sie auf.

"Wohin?", wollte sie wissen. "Der Korridor ist voll von Kriegern."

"Zum Fenster", erwiderte ich. "Komm!"

Als ich mich dem Fenster zuwandte, sah ich das Ende meiner Leine, die ich während des Kampfes fallen gelassen hatte, über den Rand der Fensterbank verschwinden. Mein Flugschiff war abgetrieben, und wir saßen in der Falle.

Ich rannte zum Fenster. Fünfundzwanzig Meter entfernt und ein paar Meter unter dem Niveau der Fensterbank schwebten Flucht und Freiheit, schwebte das Leben für Llana von Gathol, für Pan Dan Chee, für Jad-han und für mich.

Es gab nur eine einzige Hoffnung. Ich trat an die Schwelle, maß die Entfernung erneut mit meinen Augen - und sprang. Dass ich dieses Abenteuer überhaupt erzählen kann, beweist Ihnen, dass ich auf dem Deck des Fliegers landete. Einen Moment später befand sich der Flieger wieder neben dem Fensterbrett und Llana kletterte an Bord.

"Pan Dan Chee!", fragte sie. "Was ist aus ihm geworden? Es scheint grausam, ihn seinem Schicksal zu überlassen."

Pan Dan Chee wäre der glücklichste Mann der Welt, wenn er wüsste, dass ihr erster Gedanke ihm galt, aber ich ahnte, dass sie ihn bei der ersten Gelegenheit brüskieren oder beleidigen würde - Frauen sind in dieser Hinsicht eigenartig.

Ich ließ uns schnell in Richtung des Stadtplatzes gleiten. "Wo willst du hin?", wollte Llana wissen. "Hast du keine Angst, dass wir da unten gefangen genommen werden?"

"Ich suche Pan Dan Chee", erwiderte ich, und einen Augenblick später landete ich in der Nähe von Nastors Palast, und zwei Männer stürzten aus dem Schatten auf das Flugschiff zu. Es waren Pan Dan Chee und Jad-han.

Kaum befanden sie sich an Bord, erhoben wir uns schleunigst und steuerten auf Gathol zu. Ich konnte spüren, wie Pan Dan Chee mich ansah. Schließlich konnte er sich nicht mehr zurückhalten. "Wer bist du?", erkundigte er sich; "und wo ist John Carter?"

"Ich bin jetzt Myr-lo, der Erfinder", antwortete ich; "vor kurzem war ich noch Dotar Sojat, der Sklave; aber stets heiße ich John Carter."

"Wir sind alle wieder zusammen", stellte er fest, "und lebendig; aber für wie lange? Hast du die Skelette am Rande des Grabens vergessen?"

"Du brauchst dir keine Sorgen zu machen", versicherte ich ihm. "Der Mechanismus, der sie dorthin platzierte, ist zerstört."

Er wandte sich an Llana. "Llana von Gathol", begann er feierlich, "wir haben viel zusammen durchgemacht; und man weiß nicht, was die Zukunft für uns bereithält. Erneut lege ich dir mein Herz zu Füßen."

"Du kannst es ruhig aufheben", meinte Llana von Gathol beiläufig; "ich bin müde und möchte schlafen."

Buchtipps

Armageddon 2419 AD

Deutschsprachige Ausgabe Autor: Nowlan, Phillip Frances Die Erzählung Armageddon 2419 A.D beschreibt eine endzeitliche Katastrophe im Amerika des 25. Jahrhunderts. Das ganze Land wurde von den Chaharen Han erobert. Die Han besitzen eine hochentwickelte Technologie und haben große Fluggeräte mit Desintegrator-Strahlenwaffen, die tödlich wirken. Von Zeit zu Zeit fallen sie in das amerikanische Land ein, um die letzten ...

Conan der Legendäre: Der Schwarze Koloss

Autor: Howard, Robert E. „Der schwarze Koloss" ist eine der originalen Geschichten mit dem fiktiven Schwert- und Zaubereihelden Conan dem Legendären, geschrieben vom amerikanischen Autor Robert E. Howard und erstmals im Juni 1933 in der Zeitschrift Weird Tales veröffentlicht. Die Geschichte spielt im pseudohistorischen Hyborianischen Zeitalter. Das winzige Königreich Khoraja – mit einer gemischten hyborianischen / schemitischen ...

Conan der Legendäre: Der Schwarze Zirkel

Autor: Howard, Robert E. „Der Schwarze Zirkel" (The People of the Black Circle) ist eine der Original-Novellen über Conan dem legendären Barbaren, geschrieben vom amerikanischen Autor Robert E. Howard und erstmals in der Zeitschrift Weird Tales in drei Teilen in den Ausgaben vom September, Oktober und November 1934 veröffentlicht. Die Geschichte spielt im pseudohistorischen Hyborianischen Zeitalter und ...

Conan der Legendäre: Eine Hexe wird geboren

Conan der Legendäre Eine Hexe wird geboren Autor: Howard, Robert E. „Eine Hexe wird geboren" ist eine der Originalgeschichten von Robert E. Howard über Conan den Kimmerier. Sie wurde erstmals 1934 in Weird Tales veröffentlicht. Die Geschichte handelt von einer Hexe, die ihre Zwillingsschwester als Königin eines Stadtstaates ersetzt, was sie in Konflikt mit Conan bringt, der der ...

Conan der Legendäre: Rote Nägel

Autor: Howard, Robert E. „Rote Nägel" ist eine der seltsamsten Geschichten, die je geschrieben wurden – die Geschichte eines barbarischen Abenteurers, einer Piratenfrau und einer verschollenen unheimlichen Stadt, die von dem eigentümlichsten Volk der Menschheit bewohnt wurde ... Es ist die letzte der originalen Geschichten über Conan den Legendären Kimmerier, die der amerikanische Autor Robert E. ...

Conan der Legendäre, Jenseits des Schwarzen Flusses

Autor: Howard, Robert E. „Jenseits des Schwarzen Flusses" (engl. „Beyond the Black River") ist eine der originalen Geschichten über Conan den Kimmerier, geschrieben vom amerikanischen Autor Robert E. Howard und erstmals veröffentlicht in der Zeitschrift Weird Tales, Mai-Juni 1935. Die Geschichte spielt in Conajohara, einer neu gegründeten Provinz in Aquilona. Balthus, ein junger Siedler auf dem Weg ...

Das Elfenbeinkind

Das Elfenbeinkind: Ein Allan Quatermain Abenteuerroman (Historical Diamond) (Deutsch) von Klaus-Dieter Sedlacek (Herausgeber), Henry Rider Haggard (Autor) Der Titel ‚Das Elfenbeinkind' ist der Band 16 in der Buchreihe ‚Historical Diamond'. Der Autor Sir Henry Rider Haggard war als britischer Schriftsteller ein Vertreter des englischen Abenteuerromans des 19. Jahrhunderts. Eine seiner bekanntesten Romangestalten ist der englische Abenteurer Allan ...

Das grausige Hobby von Sir Joseph Londe

Das grausige Hobby von Sir Joseph Londe: Sammelband. Alle zehn Horrorstories (ToppBook Belletristik 6) 1. Auflage, Kindle Ausgabe von E. Phillips Oppenheim (Autor), Klaus-Dieter Sedlacek (Herausgeber) „Was für einen Unfug wollen Sie von mir?", fragte Daniel – vergeblich versuchte er, sich aufzusetzen. „Nur um einen Blick auf Ihr Gehirn zu werfen", war die angenehme Antwort. „Mein – mein was?" ...

Das Kristall-Ei

und Eine Terrornacht / Operation in der vierten Dimension / In der Raumzeit verirrt. Autor: Wells, H.G.; Breuer, Miles J.; Zagat, Arthur Leo Dieses Buch enthält unter anderem eine gewaltige Geschichte von einem der größten Wissenschaftsautoren. Es ist eine Geschichte, die Sie bis zum Ende raten lässt – eine Geschichte, die Ihnen noch viele Jahre später in ...

Das Paradies der Damen

Das Paradies der Damen: Roman (Historical Diamond) von Klaus-Dieter Sedlacek (Herausgeber), Emile Zola (Autor) Der Titel ‚Das Paradies der Damen' ist der Band 19 in der Buchreihe ‚Historical Diamond'. Der Autor Emile Zola war ein französischer Schriftsteller, Maler und Journalist. Er gilt als einer der großen französischen Romanciers des 19. Jahrhunderts und als Leitfigur und Begründer der ...

Das rote Zimmer

und Der neue Nervenbeschleuniger / Das Ding von – „Draußen" / Die Farbe aus dem All Autor:Wells, H.G.; England, G. A.; Lovecraft, H.P. Ein ungenannter Protagonist und Erzähler beschließt, die Nacht in einem angeblich gespenstischen Raum zu verbringen, der im lothringischen Schloss knallrot gefärbt ist. Er beabsichtigt, die Legenden, die ihn umgeben, zu widerlegen. Trotz der vagen ...

Der Mann, der Wunder vollbringen konnte

und Der Maschinenmensch von Ardathia / Der Todesstaub / Der Gesandte der Aliens Autor: Wells, H.G.; Flagg, Francis; Zagat, Arthur Leo; Jameson, Malcolm Die Titel-Geschichte ist ein Beispiel für die große zeitgenössische Fantasy.Sie stellt als Fantasy-Prämisse (einen Zauberer mit enormer, praktisch unbegrenzter magischer Kraft) nicht in eine exotische, halbmittelalterliche Kulisse, sondern in den tristen Routinealltag des Londoner ...

Der schreckliche Gott Taa

und Die Pilzvergiftung, Satan geht zum Angriff über, Jenseits des Zeittors Autor: Wells, H.G.; Jameson, Malcolm; Zagat, Arthur Leo; O'Brien, David Wright Die Titel-Geschichte „Der Schreckliche Gott Taa" stammt vom amerikanischen Schriftsteller Malcolm Jameson. „Die großen Bleichgesichter der Erde brachten den Schrecken zum friedlichen Planeten Arania – sie versklavten seine Bewohner und beraubten ihn seiner Schönheit. Aber das ...

Die Dreißig Grenze

oder Der verlorene Kontinent vom Autor der Tarzan Geschichten. Autor: Burroughs, Edgar Rice. Der Autor stellt sich eine Zukunft im dreiundzwanzigsten Jahrhundert vor, in der die westliche Hemisphäre den Kontakt mit dem Rest der Welt abbricht und es verboten ist, den dreißigsten Längengrad nach Osten zu überqueren. Im Jahr 2237 ist der Leutnant der Pan-American Navy, Jefferson ...

Die Farm der Tiere

Eine Vision über bedenkliche gesellschaftliche Entwicklungen. Autor: Orwell, Georg. Eines Nachts versammeln sich alle Tiere vom „Herrenhof" in der großen Scheune, um Old Major zu lauschen. Der preisgekrönte alte Eber hatte einen Traum, in dem die Tiere der Farm das Joch der Unterdrückung abschütteln und nicht mehr nur für den unfähigen und ständig betrunkenen Bauer Jones arbeiten ...

Die junge Mondfrau

Mondepos vom Autor der Tarzan Geschichten. Autor: Burroughs, Edgar Ric. Im zweiundzwanzigsten Jahrhundert kommt Admiral Julian der Dritte nicht zur Ruhe, denn er kennt seine Zukunft. Er wird im darauffolgenden Jahrhundert als sein Enkel Julian der Fünfte wiedergeboren. Dort ist Julian der Kommandant eines Raumschiffs, das zum Mars aufbricht. Aufgrund eines technischen Defekts muss sein Raumschiff jedoch ...

In der Tiefe

und Flug zum Titan / Eine Herberge der Hölle / Freddie Funks verrückte Meerjungfrau. Autor: Wells, H.G.; Weinbaum, Stanley G.; Zagat, Arthur Leo; Yerxa, Leroy Die Titel-Geschichte „In the Abyss (In der Tiefe)" stammt vom englischen Schriftsteller H. G. Wells. Sie beschreibt eine Reise des Forschers Elstead zum Meeresgrund. Dieser hat einen Apparat erfunden, mit dem eine ...

John Carter – Der Riese und die Gelben vom Mars

vom Autor der Tarzan Geschichten. Autor: Burroughs, Edgar Rice. Die Saga um John Carter vom Mars bzw. der Barsoom- oder Mars-Zyklus ist eine der bekanntesten und auch beliebtesten Science-Fiction-Buchreihen des Tarzan-Autors Edgar Rice Burroughs. In der ersten Geschichte Der Riese kämpft John Carter gegen Riesenratten, Baumreptilien und bösen Rivalen um Macht und Liebe auf dem exotischen Planeten Barsoom ...

Junge Wilde und Philosophen

Die kultigen Kurzgeschichten „Flappers and Philosophers" in deutsch. Autor: Fitzgerald, F. Scott. Fitzgerald schafft ein treffendes Porträt von schönen, eigensinnigen jungen Frauen und ausschweifenden, vagabundierenden jungen Männer, die das ausmachten, was man die „Verlorene Generation" nannte. Mit ihren gegelten Haaren und den baumelnden Zigaretten sind seine Figuren raffiniert, witzig und vor allem modern. Diese ikonische Sammlung von acht ...

Lieber allein!
Gedanken einer Junggesellin zum 30ten Geburtstag. Autor: Bell, Lilian. Die Protagonistin Ruth, eine junge Frau aus der High Society, befällt am Vorabend zu ihrem dreißigsten Geburtstag Panik, trotz vieler Gelegenheiten ist sie bisher keine dauerhafte Beziehung eingegangen: „Morgen werde ich eine alte Jungfer sein. Welch ein Versuch, auch nur sich selbst etwas zu sagen, und wie verärgert wäre ...

Noa Noa
Der exotische Duft von Tahiti Autor: Gauguin, Paul Im April 1891 schiffte sich der berühmte französische Maler Paul Gauguin nach Tahiti ein. Auf der Flucht vor der europäischen Zivilisation mietete er eine Hütte im Dorf Mataiea, 40 km von Papeete entfernt. Dort lernte er die Landessprache und bald lebte er mit der jungen Tahitianerin Téha'amana (genannt auch: ...

Sternengezeugt
Eine Verschwörungstheorie über die Genmanipulation durch Außerirdische Autor: Wells H.G. In ‚Sternengezeugt' befasst sich der Autor H.G. Wells erneut mit der Idee der Existenz von Außerirdischen, über die er in dem Roman ‚Krieg der Welten' bereits geschrieben hatte. Es entsteht der Verdacht, dass die Außerirdischen zurückgekehrt sein könnten – diesmal unter Verwendung kosmischer Strahlung, um menschliche Chromosomen ...

The great god Pan / Der große Gott Pan – zweisprachig
Horror story English – German / Horror Geschichte Englisch – Deutsch. Autor: Machen, Arthur. The Great God Pan is a horror and fantasy novel by the Welsh writer Arthur Machen. Machen was inspired to write about the Great God Pan through his experiences in the ruins of a pagan temple in Wales. The novel begins with an ...

Buchshop: